W0251759

Happy?! Marriage
HOKUTO MAMIYA, 28 ans. directeur général de la société Mamiya.
CHIWA MAMIYA (nom de jeune fille : Takanashi), 22 ans. Banale employée de bureau, un peu gaffeuse.

Personnages

TAEKO SÔMA
Secrétaire particulière du directeur. Elle paraît jeune, mais a en réalité 55 ans.

L'histoire

Un homme n'a pas de rêve !
Il vit dans les certitudes ! Tel est le credo de Chiwa Takanashi. À 22 ans, elle n'a donc jamais eu de petit ami, mais ce que personne ne sait, c'est que le soir, elle doit travailler dans un bar à hôtesses afin d'aider son père à éponger ses dettes. Et pourtant, un beau soir, elle voit arriver le patron de son entreprise, Hokuto Mamiya, qui lui propose un étrange marché : si elle l'épouse, il s'occupera des dettes de son père ! Chiwa accepte, tout en percevant l'absurdité de la situation. C'est ainsi qu'elle emménage avec "son mari" et qu'ils commencent leur vie de couple dans le plus grand secret. Peu à peu, la jeune femme apprend à connaître son mari et, malgré quelques problèmes de communication, elle commence à percevoir la gentillesse de cet homme sous ses dehors rudes et égocentriques...

Sommaire

ISBN : 978-2-84965-985-4

5e Vœu
Peut-on tomber amoureux après son mariage ?

LE PRINTEMPS…
LA SAISON DE FORMATION… DES NOUVEAUX EMPLOYÉS.
JE M'APPELLE YÛ YAGAMI, JE VIENS D'ÊTRE EMBAUCHÉ…
RAVI DE FAIRE VOTRE CONNAISSANCE.
Yaah ! Ce qu'il est beau ! ♡
NOTRE DÉPARTEMENT DES AFFAIRES GÉNÉRALES ACCUEILLE AUSSI DE NOUVELLES RECRUES.
BIEN…
MADEMOISELLE TAKANASHI !
JE SUIS DÉSOLÉ QUE VOUS N'AYEZ PAS ÉTÉ PRÉVENUE PLUS TÔT, MAIS C'EST À VOUS QU'INCOMBERA LA TÂCHE DE FORMER M. YAGAMI.
QUOI ? MOI ?

JE NE RESTERAI PAS TRÈS LONGTEMPS...
MAIS JE M'EN REMETS À VOUS DURANT CE LAPS DE TEMPS.
EUH... D'ACCORD... RAVIE DE VOUS RENCONTRER...
POURQUOI A-T-IL FALLU QUE ÇA ME TOMBE DESSUS D'UN SEUL COUP ?!
JE NE SUIS PAS FRANCHEMENT D'HUMEUR À FORMER QUI QUE CE SOIT...
TAKANASHIIIII !
COMMENT T'AS FAIT ?!
JE SUIS TROP JALOUSE ! TU VAS PASSER TOUT TON TEMPS À FORMER UN PUR BEAU GOSSE !
QU'EST-CE QUE J'AI FAIT POUR... MAIS RIEN DU TOUT, JE VOUS JURE !!
OH, ALLEZ... C'EST LE PRINTEMPS ! ET POUR TOI, PLUS PARTICULIÈREMENT...
J'ÉCHANGERAIS VOLONTIERS MA PLACE AVEC L'UNE DE VOUS DEUX !!

DITES ...
Y AURAIT PAS AUTRE CHOSE QUI VOUS METTRAIT DANS CET ÉTAT ?
OH QUE SI !!
REGARDE DONC LE JOURNAL DE CE MATIN !
YUKANA KISHI
RENDEZ-VOUS NOCTURNE AVEC UN BEL HOMME D'AFFAIRES
"YUKANA KISHI : RENDEZ-VOUS NOCTURNE AVEC UN BEL HOMME D'AFFAIRES."
SON VISAGE EST CACHÉ, MAIS ON RECONNAÎT BIEN NOTRE DIRECTEUR !
NOCTURNE
TADAAA
RIEN NE POUVAIT NOUS ARRIVER DE PIRE !!
C'EST CLAIR ...
IL A BEAU AVOIR LES YEUX MASQUÉS ...
JE RECON-NAIS PARFAI-TEMENT L'ALLURE DE MON MARI ...
LES JOURNA-LISTES SQUATTENT DÉJÀ L'ENTRÉE DE LA BOÎTE.
J'Y CROIS PAS !

QUAND JE SUIS ARRIVÉE CE MATIN ...
IL Y AVAIT UNE FOULE DE JOURNALISTES À L'ENTRÉE ...
?
?
BLA
BLA
JE ME DEMANDAIS CE QUI SE PASSAIT QUAND Mme SÔMA M'A APPELÉE ...
MADAME MAMIYA ...
IL N'A FAIT QUE DÎNER AVEC CETTE DEMOISELLE, ET C'ÉTAIT UN REPAS D'AFFAIRES EN RELATION AVEC UNE DE SES CONNAISSANCES DU MONDE DE LA PRODUCTION ARTISTIQUE.
IL AVAIT UN PROBLÈME PUBLICITAIRE À GÉRER.
RENDEZ-VOUS NOCTUR
LOVE STORY
YUKANA KISHI
LA SOCIÉTÉ DE PRODUCTION AUSSI A ESSAYÉ D'ARRÊTER TOUT ÇA ...
MAIS N'Y EST PAS PLUS ARRIVÉE QUE NOUS.
JE VOULAIS QUE VOUS LE SACHIEZ.
MAIS JE M'EN FICHE, MOI !

IL NE M'A PARLÉ DE RIEN.
ON S'EST POURTANT CROISÉS, CE MATIN !
IL NE M'A RIEN DIT ALORS QUE JE SUIS SA FEMME... RIEN DU TOUT !
ÇA A QUAND MÊME DE QUOI ME METTRE EN ROGNE !!
JE PENSE QUE C'EST LE BON DOSSIER, NON ?
DÉSOLÉ D'AVOIR MIS DU TEMPS...
MERCI.
AH, MADEMOI-SELLE TAKANASHI, JE VOUS AI APPORTÉ CECI !
HÉ, CHIWA ! UN NOUVEL EMPLOYÉ N'EST PAS UN ESCLAVE !
Incroyable !
OH, ÇA SUFFIT ! C'EST DANS LE PRO-GRAMME DE TRAINING, COMPRIS ?
EUUH...

Bonjour à tous et merci d'avoir acheté le 2e volume de cette série ! Il est arrivé si vite ! J'ai sans doute cette impression parce que le premier avait cinq chapitres, alors que celui-ci n'en contient que quatre. Et si vous regardez bien, vous verrez que ça m'a pris quatre mois... C'est rapide pour moi qui aime prendre mon temps... Et si on laissait le temps au temps ? Mmh... Quoi ? On est déjà au 2e tome et les héros n'ont toujours pas... Euh... Dans ce volume, de nouveaux personnages arrivent... Tous masculins ! Comme ils sont apparus à la suite les uns des autres, j'ai eu du mal à fixer leur prénom dans ma tête et du coup, je leur ai donné des surnoms :

↓

Yagami = L'ébouriffé
Katagiri = Le barbu à lunettes
Sakuraba = Le joueur de 1re division

Qu'en pensez-vous ? Vous ne trouvez pas que c'est plus facile à retenir que leurs noms ? Ceci dit, peu importe puisqu'ils ne font que passer dans cette histoire... J'aurais aimé pouvoir écrire qu'ils joueront un grand rôle, mais ce n'est pas le cas.

À bientôt !

Maki

ILS SONT PARTOUT.
FWOP
JE NE PEUX PLUS METTRE UN PIED DEHORS.
DZZIT
QUOI ?
CE... CE QUI EST ÉCRIT DANS L'ARTICLE... CE... CE N'EST PAS VRAI, HEIN ?
ÇA T'INQUIÈTE ?
T'ES JALOUSE ?

EUUUH, NON MAIS…
RAS-SURE-TOI…
IL N'Y A RIEN DE PLUS QUE CE QUE SÔMA T'A DÉJÀ EXPLIQUÉ.
C'EST TOUT ?
ILS N'ONT PAS D'HISTOIRES CROUSTILLANTES À SE METTRE SOUS LA DENT DANS LE SHOW-BIZ, EN CE MOMENT.
ALORS ILS SE DISENT QUE S'ILS PATIENTENT UN MOMENT, IL SORTIRA BIEN QUELQUE CHOSE DE CELLE-CI.
OK… JE VAIS DANS MA CHAMBRE.
BONNE NUIT.
POURQUOI IL N'EXPLIQUE PAS LES CHOSES CLAIREMENT ?
JE SUIS QUAND MÊME SA FEMME !

J'AVAIS L'IMPRESSION...
QUE QUELQUE CHOSE AVAIT CHANGÉ ENTRE NOUS DEPUIS CE BAISER...
EST-CE QUE JE SUIS LA SEULE À LE PENSER ?
ILS SONT ENCORE LÀ, AUJOURD'HUI...
JE VEUX DIRE, LES JOURNALISTES À L'ENTRÉE...
ILS SONT TENACES ET ILS ONT TOUT LEUR TEMPS...

C'EST CLAIR.
BAH, ÇA PEUT SE CONCEVOIR.
NOTRE DIRECTEUR SEMBLE ÊTRE DU STYLE À PAS MAL S'AMUSER ...
AH BON, TU CROIS, YAGAMI ?
YÛ YAGAMI ...
OUI, IL EST PLUTÔT BEL HOMME ...
ÊTRE UN GARS NE M'EMPÊCHE PAS DE VOIR QU'IL A CE QU'IL FAUT POUR PLAIRE AUX FEMMES.
IL EST GENTIL ET FACILE D'APPROCHE.
EST-CE PARCE QU'ON EST À PEU PRÈS DU MÊME ÂGE ?
MH... COMMENT LIT-ON CE DIAGRAMME ?
AH, CELUI-LÀ... REGARDE ...
C'EST UN GARS SÉRIEUX ET HONNÊTE ...
TRÈS AGRÉABLE À FORMER.
AH, OK !
C'EST SÛREMENT POUR ÇA QUE DE FIL EN AIGUILLE ...
AU FAIT, À PROPOS DE CE QUE J'AI DIT LA DERNIÈRE FOIS...
TU FAIS ALLUSION À L'INCIDENT ENTRE TON AMIE ET SON PETIT COPAIN ?
IL Y A DU NOUVEAU ?
EH BIEN, EN FAIT ...

IL NE LUI A DONNÉ AUCUNE EXPLICATION...
MMH... A-T-IL FAIT UN ÉCART ?
LES HOMMES N'ONT PAS FORCÉMENT LA MÊME VISION DE L'ADULTÈRE QUE LES FEMMES...
ON EN EST ARRIVÉS À ABORDER CE SUJET-LÀ...
HEIN ? TU CROIS QU'IL...
L'AURAIT TROMPÉE ?
POUR MA PART, JE TE DIRAIS QUE NE PAS ALLER JUSQU'AU BOUT N'EST PAS FORCÉMENT LE PROBLÈME...
MAIS, ÇA M'EST DÉJÀ ARRIVÉ DE ME RETROUVER DANS UNE SITUATION EMBARRASSANTE...
ET CERTAINES FILLES S'IMAGINENT AUSSI PLEIN DE TRUCS, RIEN QUE PARCE QU'ON VA MANGER QUELQUE PART AVEC ELLES...
GLUPS
MH... ILS NE L'ONT ENCORE JAMAIS FAIT...
JE VEUX DIRE...
MON AMIE ET SON COPAIN...
HEIN ?
EST-CE QUE...
ÇA CHANGE QUELQUE CHOSE ?

MAIS... POURQUOI ?! C'EST ELLE QUI NE VEUT PAS ?
JE... JE NE SUIS PAS DANS LA CONFIDENCE À CE POINT-LÀ...
MMH... ALORS DANS CE CAS-LÀ...
JE NE VOIS PAS POURQUOI IL NE LA TROMPERAIT PAS.
VOYONS... QU'EST-CE QUI L'EN EMPÊCHERAIT ?
SI C'EST UNE RELATION PLATONIQUE...
JE COMPRENDS... T'ES SÛR ?
ELLE SERAIT DU GENRE À L'AUTORISER À ALLER VOIR AILLEURS ?
C'EST ÇA "UNE FILLE BIEN" ?

NON, C'EST PAS ÇA …
PUISQU'IL NE ME CONSIDÈRE MÊME PAS COMME UNE FEMME …
ガタ
TSOP
OUPS, IL FAUT VRAIMENT QU'ON Y AILLE.
ON NE PEUT PAS OCCUPER LA SALLE DE RÉUNION ÉTERNELLE-MENT.
TU AS RAISON.
MERCI POUR LES CONSEILS, JE TRANSMETTRAI À MON AMIE.
MH ? VRAIMENT ? ALORS TANT MIEUX.
HA HA HA …
MAIS ÇA NE LE FAIT PAS DU TOUT… PLUS J'Y PENSE ET PLUS JE LE SENS MAL …
FINALE-MENT …
QU'EST-CE QUE HOKUTO PENSE VRAIMENT DE MOI ?
ALORS, EST-CE QUE LE NOUVEAU SERA UTILE …
MADAME LA FORMATRICE ?

MH ?
ON T'EN A PARLÉ ?
OUI, SÔMA ME L'A DIT.
J'AURAIS DÛ M'EN DOUTER ...
EH BIEN... IL Y MET DU CŒUR, IL EST HONNÊTE ET PIGE TRÈS VITE.
JE VOIS ...
JE DIRAI AUX RECRUTEURS QU'ILS ONT FAIT DU BON BOULOT.
TU AS TOUJOURS LES MÉDIAS SUR LE DOS ?
MH ?
OUI.

C'EST UNE ÉPREUVE D'ENDURANCE ...
C'EST TOUT ? UNE FOIS DE PLUS ...
C'EST QUASIMENT À SENS UNIQUE ...
ILS NE TROUVENT RIEN, MAIS ILS S'AC-CROCHENT.
Mme SÔMA LUI RAPPORTE TOUT À MON SUJET ...
ET MOI, JE NE PEUX RIEN APPRENDRE SUR LUI CAR IL NE ME DIT RIEN ...
CE NOUVEAU ...
IL S'APPELLE YÛ YAGAMI ...
ET IL A DIT QU'IL TE TROUVAIT BEL HOMME.
HEIN ?
MAIS IL A AJOUTÉ QUE TU DEVAIS ÊTRE UN PEU COUREUR ...
...
MAIS DE QUOI AVEZ-VOUS DONC PARLÉ, TOUS LES DEUX ?!
C'est pas vrai !
C'EST AGRÉABLE DE DISCUTER AVEC LUI.

IL A LE MÊME ÂGE QUE MOI ...
ET IL EST TRÈS ACCESSIBLE ...
JE PEUX LUI PARLER DE PLEIN DE CHOSES ...
QUE TOI, TU NE PEUX PAS COMPRENDRE !
SUR CE...
BONNE NUIT.
TA TA TA TAP

AAAH…
MA FORMATION DANS CE SERVICE SE TERMINE DEMAIN…
APRÈS, JE DOIS PASSER DANS LE SERVICE COMMERCIAL POUR FAIRE LES TOURNÉES.
ÇA VA ME CHANGER…
BAH… IL VA SURTOUT TE FALLOIR DE BONNES JAMBES…
MAIS JE SUIS SÛRE QUE ÇA IRA.
TU Y ARRIVERAS, TU VERRAS.
PEUT-ÊTRE, MAIS J'ESPÈRE QUE JE FINIRAI DANS LES BUREAUX ET PAS À VADROUILLER SUR LE TERRAIN.
VRAIMENT ? TU VAS POURTANT DEVOIR FAIRE DE TON MIEUX À TON PROCHAIN TRAINING.
JE SAIS.
TAKANASHI…
DIS-MOI POURQUOI…
TU NE LAISSES PAS TON PETIT AMI ALLER JUSQU'AU BOUT AVEC TOI ?

HEIN ? POURQUOI TU ME DEMANDES ÇA ? JE PARLAIS D'UNE DE MES AMIES !
MH ...
VU TES RÉACTIONS, JE CROIS QU'ON PARLAIT PLUTÔT DE TOI.
...
Futé, le gars ...
JE N'AI PAS L'INTENTION DE ME MÊLER DE TES AFFAIRES ...
C'EST JUSTE QUE JE M'INQUIÈTE POUR TOI ...
ET PUIS, MAINTENANT QUE J'AI DEVINÉ, AUTANT TOUT ME RACONTER !
SI JE PEUX T'AIDER EN QUOI QUE CE SOIT, SURTOUT DIS-LE.
IL A RAISON ...
IL POURRAIT PEUT-ÊTRE M'APPRENDRE QUELQUE CHOSE...
JE ...
JE NE SAIS PAS TROP, À VRAI DIRE ...

JE ME DEMANDE CE QU'IL PENSE VRAIMENT DE MOI.
EST-CE QUE DIRE À QUELQU'UN QU'ON FORME UN COUPLE EST LA PREUVE DE NOTRE AMOUR ?
JE NE COMPRENDS PAS CE QU'IL RESSENT.
EUH... DIS...
IL NE ME DIT JAMAIS RIEN... IL NE ME MONTRE PAS DE DÉSIR...
EUH, C'EST LE GENRE DE QUESTIONS QUE SE POSENT LES GENS QUI NE SONT PAS ENCORE EN COUPLE, ÇA, NON ?
Je comprends pas bien là...
KBOM
AH, JE SUIS DÉSOLÉ !
JE N'AURAIS PEUT-ÊTRE PAS DÛ ÊTRE AUSSI FRANC !
...
Te fatigue pas en explications, va...
JE NE VOULAIS PAS SOUS-ENTENDRE QUE TU ÉTAIS STUPIDE, MAIS...
JUSTE QUE...
J'AVAIS PEUT-ÊTRE ENCORE MES CHANCES...

GRIP
HEIN ?
SI ON SORTAIT ENSEMBLE, JE NE TE NÉGLIGERAIS PAS COMME ÇA ...
!!
J'IGNORE S'IL JOUE LA COMÉDIE OU NON ...
NON ...
S'IL LE FAIT, C'EST QUE FINALEMENT IL NE RESSENT PAS GRAND-CHOSE POUR TOI.
MAIS LE FAIT DE NE PAS TE PARLER DE CE FAMEUX RENDEZ-VOUS REVIENT À METTRE UN TERME À CETTE SITUATION.

EN RÉALITÉ, CE GARS ...
SE FICHE PAS MAL DE TOI ...
...RÊTE ...
ARRÊTE !
J'EN AI LES LARMES AUX YEUX ...
ARRÊTE ...
SI J'ÉTAIS À SA PLACE ...
TU N'AURAIS JAMAIS À DOUTER DE MOI AINSI.
TSOP

WAAAAH !
OUPS ...
!!
ON M'AVAIT DIT QUE JE POURRAIS TROUVER MLLE TAKANASHI DANS LA SALLE DE PAUSE ...
DÉSOLÉE DU DÉRANGEMENT ...
MME SÔMA NOUS A VUS !
EUH... EST-CE QUE LES RELATIONS ENTRE COLLÈGUES SONT INTERDITES ?
NON... MAIS IL SERAIT MIEUX QUE ÇA NE SE FASSE PAS OUVERTEMENT.
JE VOUS VERRAI PLUS TARD, MADEMOISELLE TAKANASHI.
PFIUU, PRIS SUR LE FAIT... EST-CE QU'ELLE FAIT PARTIE DE CE SERVICE ?
QU'EST-CE QUE JE VAIS FAIRE ?
TAKANASHI ?
ELLE VA METTRE HOKUTO AU COURANT ...
Ça va ? Tu veux un thé ?
Euh, oui ...
IL VA SAVOIR !

MADAME MAMIYA ...
!
AH, MADAME SÔMA ...
AU SUJET DE CE QUE VOUS AVEZ SURPRIS TOUT À L'HEURE, JE...
RASSUREZ-VOUS, JE NE DIRAI RIEN.
EN FAIT... IL Y A QUELQUE CHOSE DONT JE VOUDRAIS VOUS PARLER, MÊME SI JE NE SUIS PAS SÛRE QUE JE LE DEVRAIS...
?
VOILÀ, IL S'AVÈRE QUE...

HAA...
DIRECTEUR
VLAAM
HAA...
HOKUTO !

...
J'ÉTAIS SÛR QUE TU FINIRAIS PAR VENIR ...
POUR-QUOI ?
POURQUOI TU RESSORS AVEC YUKANA KISHI, CE SOIR ?!
FLAP
TU VOULAIS QUE LES CHOSES SE TASSENT AVEC LES MÉDIAS, NON ?
ÇA T'IN-QUIÈTE ?
...
JE SUIS DÉSOLÉE ...
MAIS JE PENSE QUE C'EST UNE ERREUR ...
DIREC-TEUR !
VLAM

DU CALME ...
JE SUIS DÉSOLÉ DE T'AVOIR MÊLÉE À TOUT ÇA, SÔMA.
TU VEUX BIEN NOUS LAISSER, S'IL TE PLAÎT ?
...
VLAM
?
FROT
コツ
FROT
コツ
RASSURE-TOI.
JE N'AI AUCUN PROJET CONCERNANT YUKANA KISHI, CE SOIR ...
?!
COMME TU LE DIS SI BIEN ...
J'ATTENDS QUE LES CHOSES SE TASSENT ...
MAIS... POURQUOI TU AS MENTI ?
POUR VOIR TA RÉACTION.
À CAUSE DE CE QUE TU AS DIT L'AUTRE JOUR SUR LE FAIT QUE JE NE TE COMPRENAIS PAS...

QUAND TU M'AS DIT COMMENT S'APPELAIT LE NOUVEAU QUE TU FORMAIS ...
J'Y CROIS PAS ...
PLIC
PLOC
TCHBOOM
T'ES UN BEAU SALAUD !
POURQUOI TU JOUES AVEC LES SENTIMENTS DES AUTRES ?!

AS-TU SEULEMENT IDÉE...
DE CE QUE J'AI RESSENTI ?! C'ÉTAIT HORRIBLE !
ET PUIS, ÇA VEUT DIRE QUOI "VOIR MA RÉACTION" ?
J'EN AI MARRE DE TOUT ÇA ...
EST-CE QUE...
TU RÉALISES CE QUE TU ES EN TRAIN DE DIRE ?

BIEN ...
BIEN SÛR QUE JE SAIS CE QUE JE DIS !
OUIIINN !
QUE TU NE ME TRAITES PAS DU TOUT COMME TU DEVRAIS TRAITER TA FEMME !
JE NE PARLE PAS DE ÇA ...
TU ES JALOUSE.
SNIIF
TU PRENDS TOUJOURS LES AUTRES POUR DES IMBÉCILES !
TU M'AS PEUT-ÊTRE AIDÉE EN ÉPONGEANT LES DETTES DE MON PÈRE...
ÉCOUTE-TOI !
MAIS AU FINAL, ON EST DANS LA MÊME GALÈRE !
TU ES ...
AMOUREUSE DE MOI ...
C'EST JUSTE UNE BASSE VENGEANCE ...
À CAUSE ...
DE CE QUE YAGAMI ET MOI AVONS FAIT ...

TU PEUX ...
M'EN DIRE PLUS ?
HEIN ?
SÔMA NE T'A RIEN RACONTÉ ?
MANI-FESTE-MENT, NON ...
AÏE !
!!
BLAM

C'ÉTAIT CE QUE TU VOULAIS DIRE ...
QUAND TU L'AS DÉCRIT COMME "ACCESSIBLE" ?
IL ME FAIT PEUR ...

IL ME FAIT... PEUR !!
YÛ M'A LAISSÉ ENTENDRE ...
QUE SI MON PETIT AMI ...
NE VOULAIT JAMAIS RIEN ME DIRE, C'ÉTAIT PARCE QU'IL NE PENSAIT PAS À MOI !
QUE S'IL NE VOULAIT PAS SE JUSTIFIER POUR UNE HISTOIRE D'ADULTÈRE ...
C'ÉTAIT PARCE QU'IL N'EN AVAIT RIEN À FAIRE DE MOI ...
POURQUOI JE CONTINUE ...
ALORS QUE JE SAIS QUE ÇA VA LE METTRE ENCORE PLUS EN COLÈRE ?

QUEL CRÉTIN !
ET TU L'AS CRU ?
MAIS QUI VOULAIS-TU QUE JE CROIS ?!
TOI ? ALORS QUE TU VIENS ENCORE DE ME MENTIR ?!
COMMENT POURRAIS-JE TE FAIRE CONFIANCE ?
IL N'Y A QUE CE SATANÉ BOUT DE PAPIER ENTRE NOUS ...

CE N'EST PEUT-ÊTRE QU'UN BOUT DE PAPIER …
MAIS IL NOUS LIE PAR CONTRAT …
IL DIT QUE TU ES À MOI …
ET QUE JE SUIS À TOI.

FRSCH
シュル…
JE PENSAIS QUE TU L'AVAIS COMPRIS.
ARRÊTE !
EST-CE QUE CE TYPE …
T'A TOUCHÉE ?
!!
N… NON !! IL A JUSTE FAILLI M'EMBRASSER !
J'AI PRIS LES CHOSES TROP À LA LÉGÈRE …
JE ME SUIS DIT QU'AUCUN HOMME NE CONVOITERAIT UNE FILLE COMME TOI.

C'EST POUR ÇA QUE JE N'AI RIEN FAIT ...
TAIS-TOI !
GLUPS
ATT... ATTENDS !
AH !
...
SA MAIN EST DANS MA CULOTTE !
C'EST PAS POSSIBLE... POURQUOI ON SE RETROUVE DANS CETTE SITUATION ?!

MAIS !
GLUPS
DRIIING DRIIING
DRIIING
プルルルー
DRIIING
プルルルー
ALLÔ...
...
EST-CE QUE... JE VIENS DE PENSER "DOMMAGE" ?
QUE...
QU'EST-CE QUI M'ARRIVE ?!
HÉ...
DO DOM
どきっ

TU PEUX T'EN ALLER.
C'EST UN COUP DE FIL IMPORTANT.
HEIN ?
MAIS ...
ON A RIEN RÉSOLU DU TOUT !
DEHORS, JE T'AI DIT !
ET PUIS ...
RHABILLE-TOI...
ON DIRAIT QUE TU VIENS DE TE FAIRE VIOLER.
ALORS, À MOINS QUE TU NE VEUILLES L'ÊTRE VRAIMENT ...

JE M'EN VAIS !
CIAO !
VLAM
FIUUU
POUR-QUOI JE M'EMPORTE, MOI...
JE SUIS RIDICULE ...
GNIII
Madame Mamiya ?
WAAAH ...
AAAAAH !

J'AI LES JOUES EN FEU !
C'EST PAS VRAI !!
SES DOIGTS ÉTAIENT... AAAH !
COMMENT VAIS-JE ARRIVER À LE REGARDER EN FACE, CE SOIR ?!
AAH !
T'ES ENCORE LÀ ? IL EST TARD, POURTANT !
JE SAIS, JE TE CHERCHAIS.
OH ...
YAGAMI ?
JE... JE M'EXCUSE POUR TOUT À L'HEURE ...

J'AI ESSAYÉ DE TIRER PROFIT DE TON TROUBLE.
MA FORMATION ICI S'ACHÈVE DEMAIN ET JE NE SUIS PAS TOUT À FAIT DANS MON ÉTAT NORMAL.
YAGAMI...
JE... SUIS DÉSOLÉE.
JE SUIS FLATTÉE DE CE QUE TU RESSENS POUR MOI, MAIS ÇA N'EST PAS LE MOMENT.
JE LE SAIS !
QUOI QUE TU EN DISES, TU AIMES CET HOMME QUI EST POURTANT SI DISTANT AVEC TOI.
QUAND JE T'AI DIT QU'IL NE T'AIMAIT SANS DOUTE PAS ...
J'AI BIEN VU QUE TU ÉTAIS AU BORD DES LARMES.

HEIN ? MAIS... ATTENDS !
JE TE L'AI DIT CE MIDI, JE NE SAIS PAS SI...
AAAH... DOIS-JE DONC TOUT T'EXPLIQUER ?
TU DÉTESTES L'IDÉE QU'IL TE TROMPE, N'EST-CE PAS ?
Dire que c'est moi qui viens de me faire rembarrer...
TU NE VEUX PAS QU'UNE AUTRE FEMME TE LE PRENNE, NON ?
ALORS CROIS-MOI, CE SONT DES INDICES SUFFISANTS ...
Allez, oublie tout ça, au moins jusqu'à demain.
Ok ...
EST-CE POSSIBLE ?
EST-CE QUE J'AIME HOKUTO ?
"TU RÉALISES CE QUE TU ES EN TRAIN DE DIRE ?"
C'EST CE QU'IL M'A ASSENÉ ...

J'ÉTAIS EN COLÈRE PARCE QU'IL NÉGLIGEAIT SA FEMME …
JE LE DÉTESTAIS …
DE TOUTES MES FORCES …
MAIS QUAND IL M'A EMBRASSÉE, MON CŒUR S'EST MIS À BATTRE LA CHAMADE.
ET JE ME SUIS SENTIE FRUSTRÉE QUAND ON A ÉTÉ INTER-ROMPUS …
OOH …
どっかあああ
BLUUUUSHH

CE QUE YAGAMI IGNORE…
C'EST QUE HOKUTO ET MOI SOMMES DÉJÀ MARIÉS.
EN RÉALITÉ, IL N'Y A RIEN QUI PUISSE SE METTRE ENTRE LUI ET MOI.
ON POURRAIT LE FAIRE QUAND ON VEUT.
MAIS…
JE L'AIME…
ET RIEN QUE LE DIRE…
M'EN-FLAMME LES SENS…
ON VIT ENSEMBLE…
ALORS COMMENT DOIS-JE ME COMPORTER, CE SOIR ?

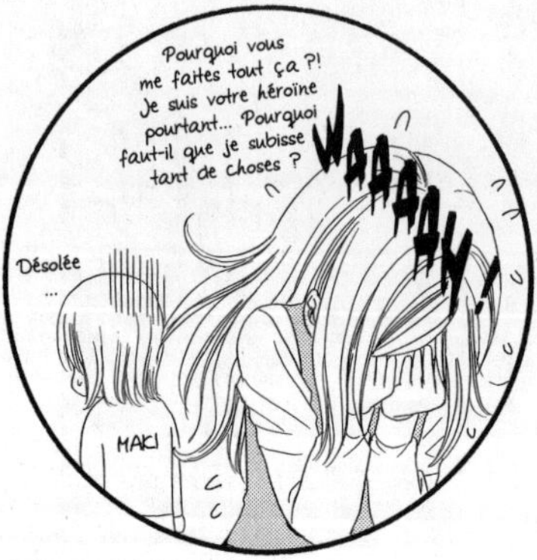
Pourquoi vous me faites tout ça ?! Je suis votre héroïne pourtant... Pourquoi faut-il que je subisse tant de choses ?
WAAAAH !
Désolée ...
MAKI

6e Vœu
Puis-je lui demander ce qu'il ressent vraiment ?

YU YAGAMI

HÉÉ, MON GEL !
!!
COMBIEN DE FOIS JE T'AI DIT DE NE PAS LE METTRE LÀ !
J'AI TOUJOURS DU MAL À LE RETROUVER !
BLUUSH
QUOI ?
D'HABITUDE...
Tu ne peux pas le ranger correctement !!
...

だーーーっ
DASSH
バタバタ
TA TA
TAP
...
HOKUTO ...
QU'EST-CE QUI LUI PREND ?
ELLE ME TRAITE VRAIMENT COMME UN CHIEN !
たっ
TAP
JE N'ARRIVE PAS À LE REGARDER EN FACE.
たっ
TAP

MAIS ÇA N'EST PAS SEULEMENT …
AH ! SA MAIN EST
À CAUSE DE CE QUI S'EST PASSÉ …
À CE MOMENT-LÀ …
LE MOMENT EN QUESTION.
"TU ES À MOI …
ET JE SUIS À TOI."
JE NE PEUX PAS M'EMPÊCHER DE PENSER À CES MOTS …
EST-CE QUE JE PEUX ME LAISSER ALLER À CROIRE QU'ON RESSENT LA MÊME CHOSE L'UN POUR L'AUTRE ?

KATAKLANG
SI SEULEMENT JE POUVAIS LUI DEMANDER… MAIS JE N'Y ARRIVE PAS.
CROUI
CROUI
KATAKLANG
JE NE SUIS QU'UNE LÂCHE …
T'ES ENCORE UNE GAMINE …
OU QUOI ?
T'ES DUR, YAGAMI …
C'est plus le même ou quoi ?
J'AI DÉCLINÉ L'INVITATION À ALLER BOIRE UN COUP AVEC MON NOUVEL INSTRUCTEUR POUR VENIR TE VOIR, ALORS DIS-MOI QUEL CONSEIL JE POURRAIS TE DONNER…
PARCE QUE MIS À PART LUI DEMANDER CLAIRE-MENT LES CHOSES, JE NE VOIS PAS …
BLA
BLA
MAIS… J'AI UNE BONNE RAISON POUR NE PAS LE FAIRE …
ON NE PEUT PAS SE SÉPARER SI FACILEMENT …

BLA
QU'EST-CE QUE TU VEUX DIRE ?
BLA
MH... C'EST COMPLIQUÉ.
HEIN ?
C'EST AUSSI POUR ÇA QUE JE ME DIS QU'IL FAUT PEUT-ÊTRE LAISSER LES CHOSES TELLES QU'ELLES SONT.
JE ME DEMANDE SI JE SOUFFRIRAIS AUTANT SI J'AVAIS PLUS D'EXPÉRIENCE EN AMOUR ...
TU VEUX RÉPÉTER AVEC MOI ?
BLA
...
BLA
OH, C'EST BON, JE PLAISANTAIS ...
TA FEMME ...
A L'AIR DE BIEN S'ENTENDRE AVEC YÛ YAGAMI ...
ぶちっ
FRITCH
ぶちっ
FRITCH

FRITCH
ILS NE SORTENT PAS ENSEMBLE …
MAIS ILS DISCUTENT BEAUCOUP, TOUS LES DEUX.
FRITCH
JE NE COMPRENDS PAS POURQUOI.
IL LUI COURT POURTANT APRÈS !
FRITCH
FRITCH
C'EST PARCE QU'ELLE N'A PLUS CONFIANCE EN NOUS.
TOUT ÇA À CAUSE DE TES MENSONGES ET DE TES CAPRICES.
DIS QUE C'EST PLUTÔT DE TA FAUTE …
GROMPF
C'EST TOI QUI AS NÉGLIGÉ DE ME FAIRE UN RAPPORT !
Trop fatigant, sans doute?!
J'Y AVAIS JUSTE DES RÉTICENCES …
FRITCH
JE SUIS CENSÉE FAIRE CE QUE TU ME DEMANDES SANS DISCUTER …
MAIS C'EST PARCE QUE J'AI TRANSMIS TON MENSONGE À TA FEMME QU'ELLE N'A PLUS CONFIANCE EN MOI…
ET QU'ELLE EST OBLIGÉE DE SE TOURNER VERS CE JEUNOT.
FRITCH
RAAH, JE SAIS !
ET PAR PITIÉ, ARRÊTE DE PASSER TES NERFS SUR CES FLEURS !
FRITCH
FRITCH

J'AI FINI !
J'ENLEVAIS JUSTE CELLES QUI ÉTAIENT FANÉES...
TIENS...
C'EST LE PLANNING POUR TON VOYAGE D'AFFAIRES DE LA SEMAINE PROCHAINE.
MERCI.
JE CROIS BIEN...
QU'ELLE RESSENT ENFIN QUELQUE CHOSE POUR MOI.
LE DEUXIÈME JOUR EST AUSSI CELUI DE L'ANNIVERSAIRE DE TA FEMME.
QUOI ?
CLING
SI TU CROIS QU'ELLE RESSENT QUELQUE CHOSE POUR TOI...
QUE PENSERAIS-TU DE LUI PROPOSER UN TÊTE-À-TÊTE ?

TU VEUX DIRE QUE JE DEVRAIS FAIRE UN PAS VERS ELLE ?
SI TU T'EN VAS COMME ÇA …
ET QUE YAGAMI LA SÉDUIT PENDANT TON ABSENCE, EST-CE QUE TON HONNEUR S'EN REMETTRA ?
…
ELLE TE PLAÎT, HEIN ?
BEAUCOUP ! C'EST UNE FILLE ADORABLE …
Elle a du répondant.
MAIS TU RESTES LE PLUS MIGNON, HOKUTO.
…
PENDANT CE TEMPS-LÀ, CHIWA…
Allez, marche, bon sang !!
T'arriveras à donner ton adresse au chauffeur ? Ça va aller, hein ?!

AAAH... BONSOIR ...
TADAAM
TU RENTRES TARD.
!!!
DESSOÛLÉE D'UN COUP D'UN SEUL !!
ET T'EMPESTES L'ALCOOL !

HEIN ? BON… ÇA VA …
J'AI PAS CAUSÉ DE PROBLÈMES …
AAH …
POURQUOI JE NE PEUX LUI PARLER QUE DE CETTE MANIÈRE ?
BON-NE…
ATTENDS !
J'AI À TE PARLER.
LUNDI, JE PARS EN VOYAGE D'AFFAIRES POUR QUATRE JOURS. JE NE SERAI DONC PAS À LA MAISON.
AH… OKAY …
JE NE LE VERRAI PAS PENDANT QUELQUES JOURS …
POURQUOI JE ME SENS SOULAGÉE ALORS QUE JE DEVRAIS ÊTRE TRISTE ?
MAIS …

LA VEILLE DE MON DÉPART ...
ON IRA FÊTER TON ANNIVERSAIRE.
HEIN ?
C'EST BIEN LA SEMAINE PROCHAINE, NON ?
JE NE SERAI PAS LÀ LE JOUR J ...
QUOI ? MAIS COMMENT IL...
POF
POF
D'AC-CORD ?
D... D'ACCORD ...

A... ATTENDS !
QUOI ?
EUUH ...
ÇA ME FAIT PLAISIR, MAIS ...
QUELLE MOUCHE LE PIQUE ?
JE NE PEUX MÊME PAS LUI DEMANDER ...
NON, RIEN... BONNE NUIT.
C'EST ÇA. ALLEZ OUSTE, VA DORMIR !
ET NE T'ÉVANOUIS PAS DANS LA BAIGNOIRE !
EUUH... IL CONNAÎT MA DATE D'ANNIVERSAIRE ?
ET IL VEUT LE FÊTER ? AVEC MOI ?
QUE...
QU'EST-CE QUE JE DOIS FAIRE ?
QU'EST-CE QU'IL ME RÉSERVE ?

EST-CE QU'IL PENSE ...
À CE QUE JE PENSE ?!
SAIGNEMENT DE NEZ.
MMH... C'EST PLUTÔT BON SIGNE ...
TU VAS BIENTÔT POUVOIR ARRÊTER DE JOUER LES COLLÉGIENNES EFFAROUCHÉES.

BLA BLA
N'EMPÊCHE QUE JE NE LUI AI PAS ENCORE DEMANDÉ CE QUI ME SEMBLE CRUCIAL ...
EH BIEN, TU AS JUSQUE-LÀ POUR TROUVER COMMENT FAIRE.
BLA BLA
MAIS JE CROIS QUE TU ES TOUJOURS SA FAVORITE ...
BLA BLA
EST-CE QU'IL Y A UNE CHOSE À LAQUELLE JE DOIS FAIRE ATTENTION ?
OUI, À TES SOUS-VÊTEMENTS.
AIR NON-CHALANT
TU NE VOUDRAIS PAS ...
M'AIDER À CHOISIR DES SOUS-VÊTEMENTS APPROPRIÉS ?
GRRRRR
JE DOIS RENTRER, JE COMMENCE TÔT DEMAIN.
YAGAMI ...
C'EST À TOI DE PAYER, HEIN ?

TU TE CROIS DRÔLE ?!
C'EST FOU CE QUE TU PEUX ÊTRE LOURDE, PARFOIS !
BEN, JE PENSAIS QUE ÇA SERAIT MIEUX SI J'AVAIS L'AVIS D'UN HOMME ...
EH BEN, TRÈS PEU POUR MOI !
HORS DE QUESTION QUE JE FASSE ÇA !
AYA ?
SAYAKA ?
OUI ?
J'AI UNE FAVEUR À VOUS DEMANDER ...
CAFÉTÉRIA
BLA
BLA
BLA
SÉRIEUX ?

BLA
TU VEUX QU'ON T'AIDE À CHOISIR DES SOUS-VÊTEMENTS SEXY ?!
PAS SI FORT !
MAIS ALORS ...
ÇA VEUT DIRE QUE YAGAMI ET TOI, VOUS ...
MAIS NON, JE VOUS JURE !
ÉVIDEMMENT ...
C'ÉTAIT PAS POSSIBLE, ON VOULAIT JUSTE S'EN ASSURER.
CECI DIT, TU COMMENCES ENFIN À PARLER DE CE GENRE DE CHOSES ...
C'est émouvant !
...
OK, ON VA T'AIDER !
ON VA TE TROUVER UN TRUC HYPER HOT ...
POUR METTRE TES NUITS EN SCÈNE !
QUEL ENTRAIN ...
Je le sens mal...

…
C'EST … UN PEU …
ÇA NE MANQUE PAS UN PEU DE TISSU ?
HEIN ! MAIS NON, IL EST TOUT À FAIT NORMAL !
NORMAL ? ÇA ?
TIENS, REGARDE ÇA !
AVEC ÇA !
ARRÊTEZ ! JE NE VOIS PAS COMMENT CES TRUCS PEUVENT REMPLIR LEUR FONCTION DE SOUTIEN !
À VRAI DIRE, JE NE SAIS MÊME PAS SI ÇA VA ME SERVIR …
TU SAIS, C'EST DIFFICILE DE T'AIDER SANS SAVOIR QUEL GENRE DE TYPE C'EST …
SNIIIF
OUPS …
ET QUEL GENRE DE CHOSES IL AIME ?
C'EST VRAI …
EUUH …
IL EST UN PEU COMME …
NOTRE DIRECTEUR …

HA HA HA HA HA HA HA HA HA HA
CE QUE T'ES BÊTE !
C'ÉTAIT PAS LA PEINE D'EN RAJOUTER, NON PLUS !
T'ES VRAIMENT IMPAYABLE TOI, TU SAIS !
HA HA HA !
...
GROMPF
AAAH ...
COMBIEN DE FOIS ELLES VONT ME RAPPELER ÇA ET ENCORE ME TRAITER D'IDIOTE ?
C'était vraiment pas sympa...
DODOM
BONS...

ON DIRAIT QU'IL S'EST ENDORMI SUR SES DOSSIERS ...
ZZZ
IL DOIT AVOIR BEAUCOUP DE TRAVAIL, AVEC CE VOYAGE QUI SE PRÉPARE ...
C'EST PAS BON POUR LUI.
ET MALGRÉ ÇA, IL VEUT PRENDRE DU TEMPS POUR MOI ...
CRRR
Z
EST-CE QUE...
JE DOIS ATTENDRE QUELQUE CHOSE DE LUI ?

TU M'AS DIT QUE TU M'APPARTENAIS ...
TU AS FAIT PLEIN DE CHOSES POUR MOI JUSQU'ICI ...
ET MAINTENANT, TU FAIS TOUT POUR POUVOIR FÊTER MON ANNIVERSAIRE AVEC MOI ...
C'EST LA PREMIÈRE FOIS...
QUE JE TE VOIS ENDORMI.
MÊME SI JE SUIS TA FEMME...ON N'A JAMAIS PASSÉ UNE NUIT ENSEMBLE.
QUAND J'Y PENSE ...
DODOM
C'EST PLUTÔT GÉNIAL ...
D'ÊTRE MARIÉE À L'HOMME QU'ON AIME.
RIEN NE PEUT SE METTRE ENTRE NOUS.
JE N'AI QU'À TENDRE LE BRAS POUR QUE ...

POUR QUE...
TING
ぱちっ
AAH!

EUUH... LA COUVERTURE ...
JE LA REMONTAIS POUR T'ÉVITER D'ATTRAPER FROID ...
C'EST TOUT !
ZUT ! EST-CE QU'IL M'A VUE ?
Sérieux ?
APRÈS TOUT, COMBIEN DE FOIS M'A-T-IL EMBRASSÉE, LUI ?! ET IL A MÊME ÉTÉ PLUS LOIN !
J'AI VRAIMENT FAIT ÇA ?
OH, LA HONTE !!
AH !
AH !
JE CROIS QUE JE COMPRENDS ENFIN CE QUE VOULAIT DIRE HOKUTO ...

QUAND IL ÉVOQUAIT LE FAIT QUE JE DEVIENNE UNE FEMME ...
IL PARLAIT DE ÇA ?
ZUT ! LE SAC ...
AVEC LES SOUS-VÊTEMENTS QUE J'AI ACHETÉS EST RESTÉ LÀ-BAS ...
LA POISSE !
Pendant ce temps ...
...
ON VA DIRE ...
QUE JE N'AI RIEN VU ...
FRITCH
AH LA LA

ZUT !
IL A FALLU QUE CE SOIT JUSTEMENT AUJOURD'HUI QUE MON CHEF DE SERVICE ME DISE QU'IL AVAIT BESOIN DE MOI.
HAA...
HAA...

HOKUTO !
FWAAH
T'ES EN RETARD !
DE DIX MINUTES !
JE... JE SUIS DÉSOLÉE !
TU... TU ES FATIGUÉ ?
OH, C'EST BON ...
MAIS C'EST BIEN PARCE QU'AU-JOURD'HUI C'EST TON ANNIVERSAIRE ...

ガチャ
CLAC
JE VOUS EN PRIE …
MADAME MAMIYA …
CE N'EST PAS TA VOITURE HABITUELLE ?!
C'EST VRAI.
FERRARI 599, RÉSERVÉE À SES RENDEZ-VOUS FÉMININS.
MH ?
どド
DO DOM
JE TE TROUVE BIEN ROUGE… ÇA VA ?
HEIN ? AH OUI, ÇA VA.
きっ
À VRAI DIRE
J'AI DE LA FIÈVRE DEPUIS CE MATIN …
JE SUIS JUSTE NERVEUSE ! C'EST LA PREMIÈRE FOIS QUE JE FAIS CE GENRE DE CHOSE !
JE VOIS.

J'AI CHAUD ET J'AI LE CŒUR QUI BAT LA CHAMADE, C'EST SÛR, JE DOIS COUVER QUELQUE CHOSE ...
...
Cuisine Française
Joël Vibert
TOKYO
EUH, EXCUSE-MOI MAIS ...
JE NE COMPRENDS PAS CE QUI EST ÉCRIT DANS LE MENU ...
Ça veut dire quoi "apé-quelque chose" ?
OK, JE VOIS ...
LA MÊME CHOSE QUE D'HABITUDE, S'IL VOUS PLAÎT.
BIEN, MONSIEUR.
EUUH... C'EST CLAIR QU'ON N'EST VRAIMENT PAS DU MÊME MONDE ...
JE... J'IMAGINE QUE ...
TU DOIS AVOIR BEAUCOUP DE TRAVAIL, EN CE MOMENT... TU T'ES ENDORMI DESSUS, L'AUTRE SOIR ...
OUI.
J'AI PAS MAL DE CHOSES À RÉGLER AVANT MON DÉPART.
MAIS NE T'EN FAIS PAS POUR ÇA.
MH... JE...

JE TE REMERCIE BEAUCOUP DE CE QUE TU FAIS POUR MOI, AUJOURD'HUI.
ÇA ME FAIT TRÈS PLAISIR.
TU ES ÉCARLATE ...
TU TE SENS GÊNÉE ?

どき!!
DODOM
HEIN ? AAH... TU TROUVES ?
BAH, EN FAIT JE...
LES APÉRITIFS, MONSIEUR ...
HEIN ? ON BOIT DE L'ALCOOL AVANT LE REPAS ?
PORTONS UN TOAST ...
EST-CE QUE JE VAIS LE SUPPORTER ?
MAIS ...
VEUX-TU ?
IL FAIT DES EFFORTS ...
JE NE SENS LE GOÛT DE RIEN ...
...
C'EST DU FILET DE BŒUF ...
...
JE... JE ME DEMANDE SI JE NE FERAIS PAS UNE MONTÉE DE FIÈVRE ...

JE... IL Y A QUELQUE CHOSE QUE J'AI TOUJOURS VOULU TE DEMANDER, HOKUTO ...
QUOI DONC ?
CE QUE TU AS DIT L'AUTRE JOUR ...
L'AUTRE JOUR ?
AH !
TU AS DE LA SAUCE SUR LA JOUE.
KBOM
!!
SLURP
JE NE M'Y ATTENDAIS PAS !
EST-CE QUE... TU TOUCHES TOUTES LES FEMMES DE LA MÊME MANIÈRE ET AUSSI SOUDAINEMENT ?
HEIN ?
QUE...
PARCE QUE...
TU T'ES PERMIS CERTAINES FAMILIARITÉS ET...
WAAAH ! QUELLE IDIOTE ! POURQUOI JE LUI DEMANDE ÇA ?

HEIN ?
JE ME DEMANDAIS SI TU FAISAIS ÇA SOUVENT ...
OU SI TU LES RÉSERVAIS À DES PERSONNES SPÉCIALES ?
ET MOI DANS TOUT ÇA, JE SUIS QUOI POUR TOI ?
HEIN ?!
JE NE VOULAIS PAS TOURNER AUTOUR DU POT COMME ÇA, MAIS ...
TU ES MA FEMME.
Ça me donne le droit de te toucher.
DIS-MOI ...
TU PENSES ENCORE À CE SATANÉ ARTICLE ? TU L'AS TELLEMENT PRIS AU SÉRIEUX ?
NON ...
CE QUE J'AIMERAIS ...

C'EST QUE TU ME DISES SI OUI OU NON...
JE...
TU ME DÉSIRES AUTANT QUE MOI JE TE DÉSIRE...
TU SAIS QUE TU ES VRAIMENT ÉCARLATE...
T'ES SÛRE QUE ÇA VA ? C'EST L'ALCOOL ?
TU NE LE TIENS PAS BIEN ?
TSOF
EXCUSE-MOI, JE VAIS PASSER AUX TOILETTES...
ÇA Y EST, IL A REMONTÉ LE MUR QUI NOUS SÉPARE...
MH, OKAY.
BOM

CHIWA !!
WOOF
QU'EST-CE QUE T'AS ? CHIWA !
HAA...
UN PROBLÈME, MONSIEUR MAMIYA ?

HAA
HAA
TU ES BRÛLANTE...
POURQUOI TU N'AS RIEN DIT ?!
TU...
TU AS FAIT TELLEMENT D'EFFORTS POUR AUJOURD'HUI...
HAA
HAA
ET TU LES AS FAITS POUR MOI, HOKUTO...
DIS-MOI...
EST-CE QUE...

JE PEUX TE CROIRE ...
QUAND TU DIS ...
QUE TU ES À MOI ?

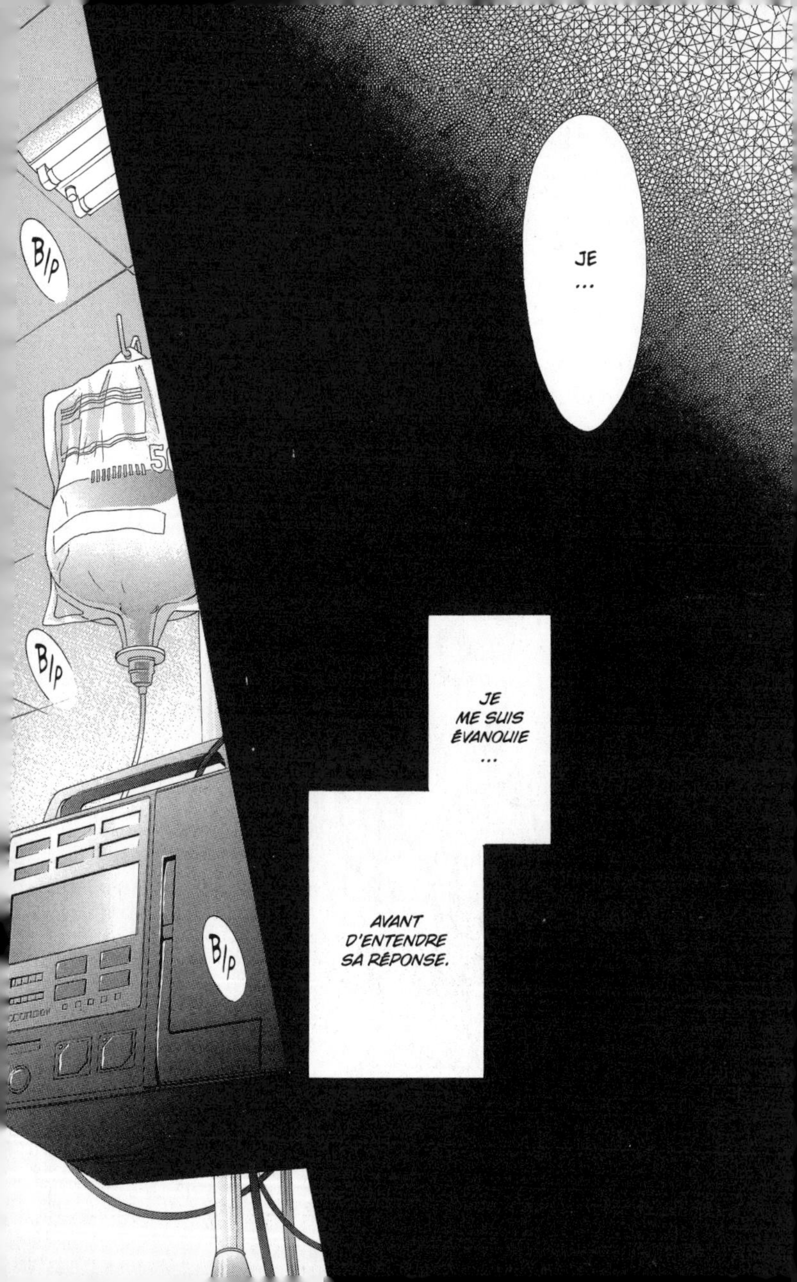
JE
...
BIP
BIP
JE
ME SUIS
ÉVANOUIE
...
AVANT
D'ENTENDRE
SA RÉPONSE.
BIP

MMH ... OÙ SUIS-JE ?
Une perfusion...
QU'EST-CE QUI S'EST PASSÉ ?
OÙ EST PASSÉ HOKUTO ...
SA FIÈVRE ÉTAIT ÉLEVÉE, MAIS JE PENSE QUE CE N'ÉTAIT QU'UN BON RHUME. IL FAUDRA LUI DIRE DE SE REPOSER.
OK, MERCI.

QUAND MÊME !!
T'ES UN BEL IDIOT ! TE MARIER POUR CE GENRE DE RAISON !
J'ARRIVE PAS À LE CROIRE ! TOI, LIÉ À UNE SEULE FEMME POUR LE RESTE DE TA VIE ?!
PEU M'IMPORTE QUE TU ME COMPRENNES OU PAS, KATAGIRI.
AVEC QUI PARLE-T-IL ?
ILS SEMBLENT PROCHES ...
C'EST UN MARIAGE DE FAÇADE, N'EST-CE PAS ?
J'IMAGINE QUE VOUS AVEZ CHACUN QUELQU'UN D'AUTRE À CÔTÉ ...
KRII
Merci pour le thé.
NON.
EN TOUT CAS, PAS DE MON CÔTÉ, JE T'ASSURE.
AH, J'AI AU MOINS UNE RÉPONSE !
ほっ
BLUUSH

CECI DIT, CE N'ÉTAIT PAS CE QUI ME PRÉOCCUPAIT AUJOURD'HUI ...
HA HA HA!
SÉRIEUX ?!
DONC... EST-CE QU'ELLE ET TOI VOUS AVEZ DÉJÀ...
HEIN ? NON, ON N'A PAS COUCHÉ ENSEMBLE.
...
MAIS JE NE VOIS PAS POURQUOI JE COUCHERAIS AVEC QUELQU'UN QUI ME DÉTESTE.
TU MÈNES DONC UNE VIE DE MOINE ?!!
DIEUX DU CIEL ! AS-TU TOUTE TA TÊTE ? TU DEVRAIS PEUT-ÊTRE FAIRE UN CHECK-UP !
SNIF
TOUT FAUX, HOKUTO... JE SUIS LOIN DE TE DÉTESTER ...
JE VAIS TRÈS BIEN, CROIS-MOI.
MH, JE SENS QUE MA FIÈVRE EST TOMBÉE.
POURRA-T-ON REPRENDRE ...
LÀ OÙ ON S'EST ARRÊTÉS ?
CE MARIAGE ÉTAIT UNE NÉCESSITÉ ...
POUR ATTEINDRE LE BUT QUE JE ME SUIS FIXÉ.

JE DOIS RESTER LE DIRECTEUR DE LA SOCIÉTÉ MAMIYA …
ET POUR CELA, CE MARIAGE EST NÉCESSAIRE, AUSSI RIDICULE SOIT-IL.
NE PAS AVOIR DE RELATION EXTRA-CONJUGALE N'EST PAS UN GROS SACRIFICE.
ET SI ÇA ARRIVAIT, JE SERAIS LE SEUL FAUTIF.

QUE… QU'EST-CE QU'IL VIENT DE DIRE ?
MH, JE VOIS…
TU ES FIDÈLE À TOI-MÊME, HEIN ?
TU AS TOUJOURS ÉTÉ CAPABLE DE TOUT POUR ARRIVER À TES FINS.
TU NE T'ES DONC PAS TRANSFORMÉ EN HOMME FIDÈLE…
POUR MENER LA VIE RANGÉE D'UN HOMME MARIÉ AUPRÈS D'UNE CHARMANTE ÉPOUSE AMOUREUSE.
C'EST PAS VRAI…
JE SUIS HEUREUX QUE TA CLINIQUE AIT ÉTÉ TOUT PRÈS.
PAS DE SOUCI. MAIS SI ÇA ARRIVE À NOUVEAU, APPELLE UNE AMBULANCE.
MAIS ALORS…

À PARTIR DE MAINTENANT ...
TOUT CE QU'IL M'A DIT ...
JUSQUE-LÀ...
C'EST PAS VRAI ?
HOKUTO
MARI
MOI AUSSI JE ME SUIS BIEN AMUSÉ. BONNE NUIT.
CE BAISER ...
ET TOUT LE RESTE !!
TOUT CE QU'IL VOULAIT DEPUIS LE DÉBUT ...
"EH BIEN SACHE QU'IL EXISTE EN EFFET QUELQUE CHOSE QUE JE NE CÈDERAI À PERSONNE..."
DEVIENT PLUS CLAIR !

RIEN N'A CHANGÉ ...
IL N'A FAIT QUE ME MANIPULER ...
IL HONORE SON CONTRAT, C'EST TOUT.
"TU ES À MOI...
ET JE SUIS À TOI."
JE VOUDRAIS DISPA-RAÎTRE ...
AVEC LES SENTIMENTS QUE J'AI POUR LUI ...

Tu serais capable de faire n'importe quoi pour atteindre tes buts.
À la fac on te surnommait déjà Jack Bauer…
Tuer son supérieur, couper le bras de sa copine, trancher la jugulaire d'un ennemi…
C'était quand même pas à ce point-là…

"NE PAS AVOIR DE RELATION EXTRA-CONJUGALE N'EST PAS UN GROS SACRIFICE.
ET SI ÇA ARRIVAIT, JE SERAIS LE SEUL FAUTIF."
CE SONT LES DERNIERS MOTS QUE J'AI ENTENDUS SORTIR DE LA BOUCHE DE HOKUTO AVANT QU'IL NE PARTE EN VOYAGE, VOILÀ MAINTENANT QUATRE JOURS.
DEMAIN, IL SERA DE RETOUR ET ON REPRENDRA NOTRE VIE COMMUNE.
7e Voeu
L'amour à sens unique fait-il souffrir ?

7e Voeu — L'amour à sens unique fait-il souffrir ?

KATAGIRI
On se demande comment cet homme peut avoir une bonne réputation parmi les médecins...

TAKANASHI !!
DO DOM
SALUT ! T'AS PRIS UN LONG CONGÉ, DIS DONC !
T'ÉTAIS MALADE ? ÇA VA MIEUX ?
OUI, BIEN MIEUX, MERCI.
ALORS, ALORS ? COMMENT ÇA S'EST PASSÉ ?
TES SOUS-VÊTEMENTS ONT FAIT LEUR PETIT EFFET ?
MH ...
IMPECCABLE ...
PIEUX MEN-SONGE ...
AH BEN, TU POURRAIS AU MOINS NOUS EN ÊTRE RECONNAIS-SANTE !
BON, N'HÉSITE PAS SI T'AS ENCORE BESOIN DE NOUS.

JE NE PEUX PAS LEUR DIRE LA VÉRITÉ.
DIRE QU'ELLE NOUS A PRISES DE VITESSE ~!
J'AI BEAUCOUP DE TRAVAIL, JE VOUS LAISSE.
IL FAUDRA QUE TU NOUS RACONTES LES DÉTAILS PLUS TARD !
OK, OK ...
AH ...
VOILÀ LES ANCIENS NUMÉROS.
JUSQU'ICI ...
JE N'AI JAMAIS RIEN CHERCHÉ À SAVOIR SUR LUI ...
FLAP

"DANS LE MONDE DES DIRIGEANTS D'ENTREPRISE, IL VAUT MIEUX S'ABSTENIR DE COURIR TROP ARDEMMENT APRÈS CERTAINES STRATÉGIES.
ASSURER LES FORCES QU'ON A RÉELLEMENT EN MAIN ET RÉDUIRE LES ÉLÉMENTS INCERTAINS... VOILÀ QUELLES SONT, SELON MOI, LES CLÉS DU SUCCÈS."
"CE QUI FAIT UN BON DIRIGEANT ? L'AVENIR D'UNE SOCIÉTÉ DANS LAQUELLE, PLUS IL S'APPROCHERAIT DES HAUTES FONCTIONS ET MOINS IL TRAVAILLERAIT, SERAIT EN DANGER. QUI SUIVRAIT UN TEL DIRIGEANT ?"
CET HOMME A LE RÉALISME, LA SAGACITÉ ET LA FERMETÉ DE DEUX OU TROIS GÉNÉRATIONS DE CHEFS D'ENTREPRISE...
ET IL SE COMMET DANS CET IMPROBABLE MARIAGE ?
QUE TIENT-IL TANT À PROTÉGER ?
QUE VEUT-IL VRAIMENT ?

"SI ON CONTRÔLE LA MANIÈRE D'AGIR DU ROUAGE QUE L'ON EST SOI-MÊME ET QU'ON SE BASE SUR L'ANALYSE DES DONNÉES ET LES RAPPORTS DE RECHERCHES, ALORS N'IMPORTE QUEL DÉFI DEVIENT SURMONTABLE."
UN "ROUAGE"...
IL SE VOIT COMME UN ROUAGE ET IL VOIT DONC LES AUTRES DE LA MÊME MANIÈRE.
J'EN SUIS UN AUSSI... COMME TOUT LE MONDE...
JE SUIS UN "ROUAGE"... PAS UNE "ÉPOUSE" ...
MH ?
QU'EST-CE QUI SE PASSE, TAKANASHI ?
TU AS ÉTÉ ABSENTE UN MOMENT !
HEIN ? AH, OUI, JE SAIS ...
ALORS ?
IL Y A DU NOUVEAU DANS TON HISTOIRE ?
EUH ...
JE M'INQUIÉTAIS POUR TOI, TU SAIS.
On voit ça plus tard !

ON NE RÉCOLTE QUE CE QU'ON SÈME...
IL EST À L'OPPOSÉ DE L'HOMME DE MES RÊVES...
...
ET POURTANT JE NE PARVIENS PAS À LE DÉTESTER...
INCONSCIEMMENT, JE ME DISAIS QUE ÇA SE PASSERAIT BIEN...
COMMENT JE VAIS FAIRE POUR CACHER ÇA À TOUT LE MONDE, MAINTENANT ?
AH LA LA...
CHIWA TAKANASHI ?! EST-CE QUE C'EST BIEN TOI ?
OUI, OUI, C'EST MOI...
QUOI ENCORE ?
MH ?
J'EN ÉTAIS SÛR !
OH...
AAH... JE VOUDRAIS NE PLUS AVOIR À VENIR TRAVAILLER ICI...

ÇA FAIT TELLEMENT LONGTEMPS !
TU TE SOUVIENS DE MOI, AU MOINS ?!
SAKURABA ?!
YEES ! TU T'EN SOUVIENS !
MAIS QU'EST-CE QUE TU FAIS ICI ?
BAH, LES AFFAIRES ...
Tiens, ma carte...
JE SUIS SURPRIS ...
JE NE SAVAIS PAS QUE TU BOSSAIS LÀ.

OOH...
JE ME DEMANDAIS VRAIMENT CE QUE TU ÉTAIS DEVENUE, DEPUIS TOUT CE TEMPS.
MH... J'AI TRÈS ENVIE DE DISCUTER AVEC TOI, MAIS JE N'AI PAS FRANCHE-MENT LE TEMPS MAINTENANT.
TU SERAIS LIBRE, CE SOIR ?
HEIN ?
SI TU VEUX, ON POURRAIT ALLER BOIRE UN TRUC ET DISCUTER COMME AUTREFOIS ...
EUH ...
HOKUTO ...
IL N'EST PAS ENCORE REVENU... JE DOIS POUVOIR Y ALLER.
MH ?
OK, JE VIENDRAI.
SUPER !
TU AS MON NUMÉRO DE PORTABLE SUR MA CARTE, APPELLE-MOI.
SAKU-RABA ...
ON ÉTAIT DANS LA MÊME FAC, PENDANT QUELQUE TEMPS ...
À plus !

ON S'EST RENCONTRÉS À LA SOIRÉE D'INTÉGRATION…
21 ANS
IL ÉTAIT EN 4E ANNÉE QUAND J'Y SUIS SUIS ENTRÉE.
Tu veux faire du tennis ?
JE FAIS PARTIE DU CLUB D'ASTRONOMIE.
ON VA AU PLANÉTARIUM CE SOIR, TU PEUX VENIR, SI TU VEUX.
JE NE M'ÉTAIS JAMAIS INTÉRESSÉE AUX ÉTOILES, MAIS J'Y SUIS ALLÉE QUAND MÊME…
PARCE QU'IL ÉTAIT BEAU.
On a une démo, aujourd'hui !
SI J'AVAIS IMAGINÉ LE REVOIR ICI !
ET QU'EN PLUS, IL SE SOUVIENNE DE MOI !
COOL !
ÇA VA ME CHANGER LES IDÉES.

CLIC
TSOP
TIENS ?
ELLE N'EST PAS ENCORE RENTRÉE ?
MH ?

ガチャン
CLAC
...
TIENS ?
IL Y A...
DE LA LUMIÈRE ?
!
EST-CE QU'IL...
!!
POURQUOI IL EST LÀ ?
IL NE DEVAIT RENTRER QUE DEMAIN !

OH LÀ LÀ, QUELLE TÊTE JE VAIS LUI FAIRE ?
HÉÉ !
QU'EST-CE QUE TU FABRIQUAIS ?
T'AS ENCORE BU ?
EUUH... UN PEU...
T'ES RENTRÉ EN AVANCE ?

J'AI MÊME PAS EU LE TEMPS DE ME COMPOSER UNE ATTITUDE ...
CECI ...
HEIN ?
POURQUOI NE L'AS-TU PAS OUVERT ?
C'EST TON CADEAU D'ANNIVER-SAIRE.
ZUT !
!!
JE VOULAIS LE RANGER AVANT QU'IL REVIENNE !
LE MATIN DE MON DÉPART ...
TU N'ÉTAIS PAS EN GRANDE FORME, ALORS JE L'AI LAISSÉ SUR LA TABLE DU SALON.
IL EST TOUJOURS AU MÊME ENDROIT ...

EUUH ...
C'EST PARCE QUE JE N'AVAIS AUCUNE ENVIE DE L'OUVRIR !
MAIS COMMENT LUI EXPLIQUER ÇA ?
J'AI CHANGÉ, DEPUIS QUELQUES JOURS.
J'AI CHANGÉ !
C'EST ...
PARCE QUE JE ME DISAIS QUE TU ME LE DONNERAIS EN MAIN PROPRE ...
QUAND TU RENTRERAIS ...
C'EST NUL... MAIS JE N'AI RIEN TROUVÉ D'AUTRE ...
JE VOIS ...

PUISQUE C'EST COMME ÇA ...
TIENS.
ポ
POF
"TIENS" ? ALORS QUE C'EST UN CADEAU D'ANNIVERSAIRE ?!
PÉTRIFIÉE
?
IL M'A DONNÉ ÇA COMME ON DONNE UNE FRIANDISE À UN CHIEN ?!
AH ...
"MAIS IL SEMBLE QU'UN PETIT CHIHUAHUA S'EFFORCE AUTANT QU'IL PEUT ...
DE M'ABOYER DESSUS..."

C'EST TOUT CE QUE JE REPRÉSENTE POUR LUI DEPUIS LE DÉBUT ...
'RCI ...
MH ...
QUELLE IDIOTE ! COMMENT J'AI PU NE PAS M'EN RENDRE COMPTE ?!
JE SUIS PITOYABLE.
JE PASSE À LA SALLE DE BAINS !
N'OUVRE PAS LA PORTE TANT QUE J'Y SUIS !

ET CE N'ÉTAIT PAS YAGAMI ?
NON, CE N'ÉTAIT PAS LUI.
MMH ...
TROUVE QUI C'ÉTAIT.
JE REFUSE.
Mais je suis le directeur !!
PA... PARDON ?
JE NE TE DONNERAI PAS PLUS D'INFOS QUE ÇA.
SI TU EN VEUX D'AUTRES, DEMANDE-LES DIRECTEMENT À TA FEMME.
SI ÇA SE TROUVE ...
ELLE A TOUJOURS EU PLUS D'AMIS HOMMES QUE TU NE LE CROIS.

QUI PLUS EST, LE CŒUR D'UNE FEMME DÉLAISSÉE CHANGE BIEN PLUS VITE QUE LES HOMMES NE LE PENSENT.
JE NE SAIS PAS SI LE CŒUR QUI BATTAIT PEUT-ÊTRE POUR TOI JUSQUE-LÀ LE FAIT ENCORE.
SÔMA ...
C'EST POUR TON BIEN QUE JE LE FAIS, HOKUTO ...
POUR QUE CETTE HISTOIRE ...
NE DEVIENNE PAS LE PREMIER ÉCHEC DE TA VIE ...

...
GROMPF
SI ELLE EST À LA MAISON ...
GROMPF
どす TAP
POURQUOI L'APPARTEMENT EST-IL DANS LE NOIR ?
GROMPF
どす TAP
"SI TU RENTRES TARD, JE SERAI COUCHÉE."
"JE FAIS UN RÉGIME !"
TSSS ...
GROMPF
GROMPF

TOC
TOC
C'EST MOI.
JE VEUX TE PARLER, SORS DE LÀ.
IIIRK
PARLER ? MAIS DE QUOI ?
DOM
DOM DOM
JE NE PEUX MÊME PAS LE REGARDER EN FACE ...
CRIII
QU'EST-CE QU'IL Y A ?
HIER SOIR ...
C'ÉTAIT QUI, LE TYPE AVEC QUI TU AS PASSÉ LA SOIRÉE ?
HEIN ?
JE SAIS QUE ÇA N'ÉTAIT PAS YAGAMI, ALORS QUI ?

UN GARS AVEC QUI J'ÉTAIS À LA FAC.
IL S'APPELLE SAKURABA.
À LA FAC ?
ON NE S'ÉTAIT PAS VUS DEPUIS LONGTEMPS ET ON AVAIT ENVIE DE DISCUTER.
COMMENT A-T-IL DÉCOUVERT ÇA ?
POURQUOI TU NE ME L'AS PAS DIT, HIER ?
DOIS-TU DONC TOUT SAVOIR DE MA VIE PRIVÉE ?
ÇA M'ÉTOUFFE ! J'AI L'IMPRESSION DE SUBIR UN INTERROGATOIRE !
POURQUOI ? DÉJÀ, TU NE M'AS RIEN DEMANDÉ.
ET EN PLUS, JE N'AVAIS RIEN DE SPÉCIAL À EN DIRE.
JE N'AVAIS PAS L'INTENTION DE ME MÊLER DE TES AFFAIRES ...
ET DE TE DIRE AVEC QUI TU PEUX SORTIR OU PAS ...

MAIS TU ES PRIÉE DE NE PAS TE LAISSER ENTRAÎNER …
DANS CE QU'ON APPELLE COM-MUNÉMENT L'ADULTÈRE …
QU'EST-CE QU'IL RACONTE …
AVEC CES HISTOIRES D'ADULTÈRE OU DE TRAHISON ?!
JE PROFITE DE CETTE OCCASION POUR TE LE RAPPELER, AU CAS OÙ TU SERAIS UN PEU DISTRAITE …

CES CHOSES-LÀ...
N'EXISTENT-ELLES PAS QU'ENTRE DES ÉPOUX QUI S'AIMENT ?!
JE LE SAIS TRÈS BIEN !
C'EST LE CONTRAT, NON ?!
WAOUH ...
T'ES VRAIMENT BIZARRE ...
POF
QUI EST-CE QUI EST BIZARRE ?!
PUISQUE T'AS TELLEMENT DE TEMPS POUR TE FAIRE DU SOUCI POUR DES BROUTILLES ...
VA DONC TE COUCHER TÔT !
T'ES CREVÉ APRÈS TOUT, NON ?!

QUE ...
VLAM
BONNE NUIT !
VA-T'EN !
VA-T'EN VITE...

VITE !!
ALLÔ ?
ALLÔ, TAKANASHI ? C'EST MOI.
SAKURABA !
MERCI POUR HIER SOIR. C'ÉTAIT TRÈS SYMPA. JE SUIS CONTENT D'AVOIR PU DISCUTER AVEC TOI.
NON...
C'EST RIEN. C'EST MOI QUI TE REMERCIE.
MH ? TU PARLES DU NEZ, ÇA VA ?
ÇA VA, NE T'EN FAIS PAS.
QU'EST-CE QUI SE PASSE ?
POURQUOI TU M'APPELLES SI TARD ?
MH...
EST-CE QU'ON POURRAIT REMETTRE ÇA ?
IL Y A QUELQUE CHOSE DONT J'AIMERAIS TE PARLER.
ÇA SERAIT POSSIBLE ?
BIEN SÛR ! AVEC PLAISIR !
SUPER, ALORS À PLUS !
SAKURABA...

IL Y A QUELQUE CHOSE QUE JE NE T'AI PAS DIT, HIER ...
BIP
EN FAIT, J'AI UN MARI.
CE N'EST PAS PARCE QUE J'AI CHOISI DE ME MARIER...
QUE JE DOIS ÊTRE HONNÊTE POUR AUTANT ...
C'EST TELLEMENT DUR DE VIVRE AVEC UN HOMME QUI NE M'AIME PAS...
L'AMOUR QUE JE LUI PORTE N'EST PAS RÉCIPROQUE ...
PLIC
COMMENT DEVENIR UNE FEMME DANS CES CONDITIONS ?
PLOC

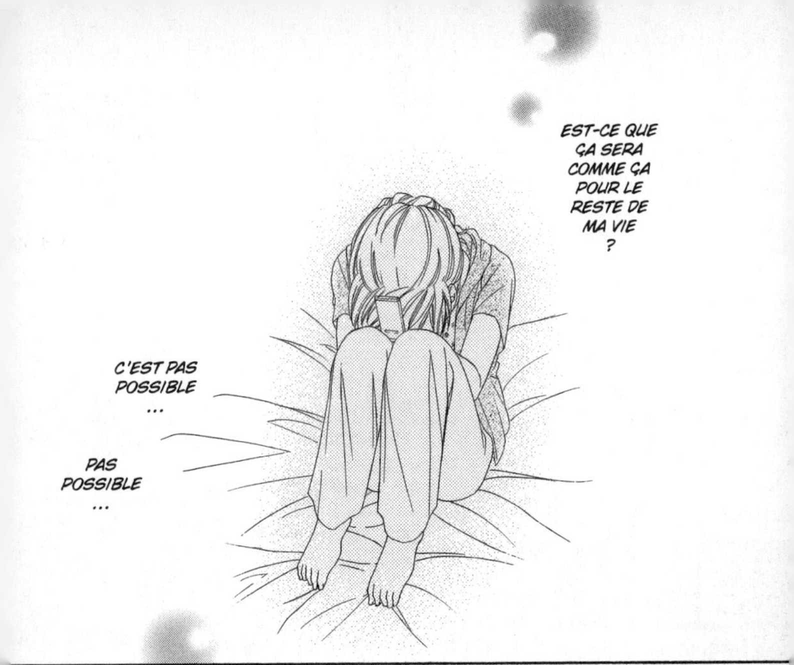
EST-CE QUE ÇA SERA COMME ÇA POUR LE RESTE DE MA VIE ?
C'EST PAS POSSIBLE ...
PAS POSSIBLE ...

DÉSOLÉ !
JE SUIS EN RETARD !

TIENS ?
T'ES HABILLÉ DRÔLEMENT DÉCONTRACTÉ ...
HA HA HA. JE SUIS TOUJOURS HABILLÉ COMME ÇA.
JE SORS DU BOULOT. CE SONT MES FRINGUES PORTE-BONHEUR ...
SAKU-RABA ...
DE QUOI TU VOULAIS ME PARLER ?
ON EN DISCUTERA PENDANT LE REPAS, OK ?
JE T'EMMÈNE DANS MON RESTAU PRÉFÉRÉ !
SSHHH
SSHHH
SSHHH
SAKURABA ...
TU AS TOUJOURS ÉTÉ DOUÉ POUR CE GENRE DE CUISINE ...
OOH...
C'EST VRAI ? AH BON ...

* SORTE DE CRÊPE AUX LÉGUMES AVEC POUR BASE LE CHOU ET SOUVENT ACCOMPAGNÉE DE FRUITS DE MER. PLAT POPULAIRE TRADITIONNEL, NDT.
HOKUTO N'A JAMAIS DÛ METTRE LES PIEDS DANS CE GENRE DE RESTAURANT…
SI ÇA SE TROUVE…
IL N'A MÊME JAMAIS VU DE MONJAYAKI*…
Ça se mange, ça ?!
MMH…
EN PARLANT DE CUISINE…
JE ME SOUVIENS DE CE JOUR DE MAI, À LA SOIRÉE D'INTÉGRATION…
MMH…
JE N'AVAIS JAMAIS MANGÉ D'OKONOMIYAKI** AVANT CE SOIR-LÀ…
C'est trop bon !
Tellement bon !
C'est la première fois que je mange ça !
Sérieux ?
Ça n'est qu'un simple okonomiyaki…
** VARIANTE DU MONJAYAKI, NDT.
TU AVAIS BEAUCOUP APPRIS SUR LES ÉTOILES EN VUE DE CETTE SOIRÉE.
JE CROIS QUE JE ME SUIS DIT QUE TU DEVAIS ÊTRE UNE FILLE SÉRIEUSE.
C'est Spica*** là-bas…
N'est-ce pas ?
Oui.
*** L'ÉTOILE LA PLUS BRILLANTE DE LA CONSTELLATION DE LA VIERGE, NDT.
TU VOIS, JE ME SOUVIENS ASSEZ BIEN DE TOI, HEIN ?
TU M'AVAIS BEAUCOUP PLU…
SAKURABA…

SANS PRÉPARATION, JE N'AURAIS PAS ÉTÉ À LA HAUTEUR AVEC TOI. JE N'AI D'AILLEURS PAS ÉTÉ LA SEULE À BOSSER ...
ET J'AVAIS DES MOTIFS PLUS OU MOINS AVOUABLES DE REJOINDRE CE CLUB.
AH BON ? LESQUELS ?
BAH... PEU IMPORTE ...
PAR CONTRE, J'AI DRÔLEMENT REGRETTÉ DE NE PAS AVOIR PU ALLER À LA FÊTE DE L'ÉTÉ.
MOI AUSSI !
MON PÈRE A EU DES SOUCIS ET J'AI DÛ QUITTER LA FAC, MÊME SI JE NE LE VOULAIS PAS.
Je vois... Tiens, la 2e fournée...
ET TOI, TU N'AS PAS PU Y ALLER PARCE QUE TU CHERCHAIS DU TRAVAIL ?
NON. J'AVAIS DÉJÀ TROUVÉ CELUI QUE J'AI ACTUEL-LEMENT.
ET C'EST JUSTEMENT DE CETTE SOCIÉTÉ DONT JE VOULAIS TE PARLER.

TAKANASHI ...
ET SI TU QUITTAIS TON BOULOT ACTUEL POUR VENIR TRAVAILLER AVEC MOI ?
QUE...
HEIN ?

QUOI ? QUOI ?
C'EST SI SOUDAIN...
JE T'AI DÉJÀ UN PEU PARLÉ DE CETTE BOÎTE, NON ?
C'EST UNE ENTREPRISE COMMERCIALE DONT JE SUIS L'UN DES MEMBRES FONDATEURS.
POC
UNE DE NOS EMPLOYÉES VIENT DE SE MARIER ET S'EST ARRÊTÉE DE TRAVAILLER.
DU COUP, ON EST EN MANQUE D'EFFECTIFS.
MAIS... POURQUOI MOI ?
JE N'AI PAS DE QUAL...
NE ME DIS PAS QUE TU NE PEUX PAS.
SI TU ES APPRÉCIÉE ET QUE TU TE SENS BIEN DANS LA BOÎTE OÙ TU ES, JE ME FERAI UNE RAISON...
"APPRÉCIÉE"...
DO DOM
MAIS TAKANASHI...
EST-CE BIEN LE CAS ?
HEIN ?

L'AUTRE JOUR, QUAND ON S'EST RETROUVÉS ...
J'AI EU LA SENSATION QUE TU ÉTAIS PRÉOCCUPÉE... QUE TU NE TE SENTAIS PAS UTILE ...
JE SUIS PEUT-ÊTRE COMPLÈTEMENT À CÔTÉ DE LA PLAQUE ...
C'EST... CE QUE TU PENSES ?
MAIS SI JAMAIS J'AI VU JUSTE ...
ALORS JE PENSE QUE TU POURRAIS BOSSER CHEZ NOUS.
WAAH ! QUELLE SAGACITÉ !
EST-CE QU'ON LIT EN MOI SI FACILEMENT ?
CECI DIT ...
NOTRE BOÎTE N'EST PAS AUSSI "SECURE" QUE PEUT L'ÊTRE MAMIYA, C'EST SÛR, MAIS...
IL N'Y A AUCUN ROUAGE INUTILE DANS LA MACHINE.
UN ROUAGE ...
C'EST UNE ENTREPRISE DE TAILLE MODESTE ET TOUT LE MONDE DOIT UN PEU TOUCHER À TOUT.
ON EST DONC BIEN OCCUPÉS ...

MAIS ÇA EN VAUT LA PEINE.
ÇA BOOSTERAIT TES COMPÉTENCES, TU SAIS, PARCE QU'IL FAUDRA QUE TU ARRIVES À TE DÉBROUILLER SEULE SUR PAS MAL DE CHOSES.
TAKANASHI, JE SAIS QUE TU EN SERAIS CAPABLE.
TU ES QUELQU'UN QUI SAIT BOSSER DUR.
J'AI LA SENSATION QUE LE MUR QUI SE DRESSAIT DEVANT MOI JUSQUE-LÀ ...
AH !
ET TU GAGNERAIS AUSSI PLUS QUE MAINTENANT ...
VIENT DE SE LÉZARDER ...

PAR MUR, J'ENTENDAIS CE QUI CONCERNE ...
LE TRAVAIL, L'AVENIR ET L'AMOUR... TOUT CE QUE HOKUTO TIENT ENTRE SES MAINS POUR L'INSTANT ...
SI JE POUVAIS LUI ÔTER DES MAINS NE SERAIT-CE QU'UNE SEULE DE CES TROIS CHOSES ...
EST-CE QUE ÇA CHANGERAIT MA VIE ?
ET SI C'ÉTAIT LE CAS ...
NOTRE RELATION CHANGERAIT-ELLE ÉGALEMENT ?

JE NE TE DEMANDE PAS DE ME RÉPONDRE TOUT DE SUITE ...
TILT
PRENDS LE TEMPS D'Y PENSER.
MAIS SOUVIENS-TOI QU'ON A VRAIMENT BESOIN DE QUELQU'UN ...
ET QU'ON A PAS TELLEMENT DE TEMPS DEVANT NOUS POUR LE TROUVER.
J'AI COMPRIS !
JE... JE VAIS Y RÉFLÉCHIR... DE FAÇON POSITIVE ...
ENFIN, JE VEUX DIRE... TRÈS SÉRIEUSEMENT ...
JE VEUX ESSAYER... JE VEUX CHANGER DE TRAVAIL ...

Démission
OK ...
CE BROUILLON-LÀ EST BON, JE LE RECOPIE.

JE VEUX QUE HOKUTO ME REGARDE AVEC RESPECT.
ELLE S'EST ENCORE ENFERMÉE DANS SA CHAMBRE ...
HÉ ...
...
JE VEUX SORTIR DE CETTE VIE... SORTIR D'ICI ...

Quoi qu'il en dise, il est un peu comme ça, Hokuto...

8e Vœu
Puis-je croire ce qu'exprime ton cœur ?

DIRECTEUR
QU'EST-CE QUE C'EST QUE ÇA ?
Démiss
EXPLIQUE-TOI.
Démiss

J'AVAIS PRÉVU LE COUP, MAIS BON ...
GROMPF
COMMENT ÇA SE FAIT QUE LA LETTRE QUE J'AI DÉPOSÉE CE MATIN ...
SOIT DÉJÀ ENTRE TES MAINS À MIDI ?
TU VEUX QUITTER CETTE BOÎTE ET DEVENIR FEMME AU FOYER ?
L'AUTRE JOUR, J'AI RETROUVÉ SAKURABA, UN COPAIN DE FAC.
IL N'A EU AUCUN MAL À PERCER LES HÉSITATIONS DE MON CŒUR ...
TU NE VEUX PAS VENIR BOSSER CHEZ NOUS ?
JE PENSAIS POUVOIR ABATTRE LE MUR QU'IL Y A ENTRE HOKUTO ET MOI.
CELUI QUI FAIT QUE JE ME SENS TOTALEMENT SOUS SON CONTRÔLE ...

JE VEUX CHANGER DE TRAVAIL.
J'EN AI TROUVÉ UN AUTRE.
TU VEUX ANNULER NOTRE MARIAGE ?
JE N'AI PAS DIT ÇA.
CE N'EST PAS CE QUE JE VEUX. JE VEUX JUSTE UN AUTRE PATRON.
JE PENSE QUE JE POURRAI TE REMBOURSER PEU À PEU ...
CE QUE TU AS AVANCÉ POUR ÉPONGER LES DETTES DE MON PÈRE.
ET C'EST UNE BELLE OPPORTUNITÉ DE CARRIÈRE.
REFUSÉ !

HEIN ?
PLUS QUESTION D'EN PARLER.
LAISSE TOMBER CETTE IDÉE DE DÉMISSIONNER.
ATTENDS UN PEU ...
ET ÉCOUTE-MOI, BON SANG !
SÔMA ?
VIENS ME VOIR.
POURQUOI TU REFUSES?! DONNE-MOI UNE BONNE RAISON !
CRI...
UNE RAISON ?
T'EN VEUX UNE ?
TU M'APPARTIENS, C'EST TOUT.

J'EN PEUX PLUS, HOKUTO…
JE TE DÉTESTE !
パターン
VLAM
HEIN ?

HOKUTO …
IL NE CHANGERA JAMAIS …
"TU M'AP-PARTIENS" …
CES MOTS NE SONT DICTÉS QUE PAR SON AMOUR PROPRE ET SON ORGUEIL !
J'AURAIS DÛ LE DEVINER…
ÇA M'AURAIT FAIT PLAISIR IL Y A ENCORE QUELQUE TEMPS, MAIS C'EST FINI …
REFUSÉ !
MOI AUSSI, J'AI MA FIERTÉ !
TU EN ES CAPABLE, J'EN SUIS SÛR.
POURQUOI IL NE LE COMPREND PAS ?
JE N'AI JAMAIS DE RECON-NAISSANCE DE SA PART.

SAKURABA ! SORS-MOI DE LÀ !
BON… SI TU NE RETOURNES PAS AU BUREAU SANS UNE RAISON VALABLE …
ILS DEVRONT PRENDRE DES MESURES DISCIPLINAIRES CONTRE TOI, ET ÇA NE SERAIT PAS BIEN NON PLUS …
TA DÉMISSION A ÉTÉ REFUSÉE ?
MAIS JE NE COMPRENDS PAS POURQUOI …
ÇA FERAIT TACHE SUR TON CV …
MAIS …
EST-CE QUE, PAR HASARD …
ILS NE T'AURAIENT PAS CONFIÉ UNE MISSION IMPORTANTE, RÉCEMMENT ?
NON ! PAS DU TOUT, JE T'ASSURE !
MH …
TU SAIS QUE J'AI HÂTE QU'ON BOSSE ENSEMBLE …

TU PENSES VRAIMENT CE QUE TU DIS ?
HEIN ?
BIEN SÛR ! POURQUOI ?
BAH ...
DIS-MOI, EN QUOI CONSISTERA MON BOULOT ? EST-CE QUE JE DOIS ME FORMER À QUELQUE CHOSE EN PARTICULIER ?
HA HA ! TU ES BIEN CURIEUSE ...
ET COMMENT QUE JE LE SUIS !
GÉNÉRALEMENT, ENCOURAGER LES AUTRES, C'EST UN PRINCIPE DE BASE POUR UN PATRON ...
MAIS AVEC LUI, ON NE PEUT MÊME PAS AVOIR UNE SIMPLE CONVERSATION.
IL ME VOIT COMME UNE MOINS-QUE-RIEN, ALORS ...

EST-CE QUE J'ARRIVERAI À LE CONVAINCRE ?
JE ME LE DEMANDE...
ALORS SI TU VEUX, LA PROCHAINE FOIS, JE TE RAPPORTERAI UN LIVRE SUR LE SUJET, OK ?
AUTRE CHOSE ?
DIS, TU M'ÉCOUTES ?
HEIN ? OUI, OUI !
BON, AVANT TOUT, IL FAUT S'OCCUPER DE TON HISTOIRE DE DÉMISSION...
BLAM
TIENS-MOI AU COURANT, D'ACCORD ?
JE TE RACCOMPAGNE JUSQU'À LA GARE.
SUPER, MERCI.
COMMENT DEUX GARÇONS PEUVENT-ILS ÊTRE SI DIFFÉRENTS ?
Ne t'en fais pas, c'est moi qui régale.
AH, SI SEULEMENT TOUS LES HOMMES DE CETTE PLANÈTE ÉTAIENT COMME SAKURABA !

HOKUTO...
TU CROIS QUE C'EST UNE BONNE IDÉE...
DE RETOURNER AU BUREAU SI TARD ?
OUI.
J'AI DES CHOSES À...
MH ?
C'EST...

CHANGER
DE
TRAVAIL
...
C'ÉTAIT
DONC ÇA
...
OK, ON
RETOURNE
AU
BUREAU.
BIEN.
J'AI PLUS
DE CHOSES
À RÉGLER
QUE JE NE
LE PENSAIS.

FUUU
VIENS ICI !
PETIT COMIC
DO DOM
QUE ...
DO DOM
TU TIENS VRAIMENT À CE QUE TOUS LES VOISINS T'EN-TENDENT ?
VLAAM
LES VOISINS ?
L'IMMEUBLE EST INSONORISÉ !

ÇA TOMBE BIEN, FINALEMENT, PARCE QUE MOI AUSSI, J'AI UN TRUC À TE DEMANDER !
?
QU'AS-TU FAIT DE MA LETTRE DE DÉMISSION ?
JE L'AI JETÉE.
BANG !!
TU... TU L'AS JETÉE ?!
J'ARRIVE PAS À LE CROIRE ! T'ES UN VRAI TYRAN !
ET TOI, QU'EST-CE QUE TU APPELLES UNE "OPPORTUNITÉ DE CARRIÈRE" ?
CHANGER DE BOULOT PARCE QU'UN MEC T'A ATTRAPÉ DANS SES FILETS ?
HEIN ?
?
SHINGO SAKURABA ...
26 ANS ...
BOBOM

DIRECTEUR DE LA SOCIÉTÉ I-MAX.
CHEF DE PRODUCTION ...
AVEC TOI À LA FAC, MAIS UN PEU PLUS ÂGÉ.
TU AS QUITTÉ CETTE UNIVERSITÉ UN PEU AVANT L'ÉTÉ DE TA PREMIÈRE ANNÉE ...
PARCE QUE TON PÈRE AVAIT PLANTÉ SES AFFAIRES.
C'EST VRAI ...
TU AS ENQUÊTÉ, À CE QUE JE VOIS... MÊME SUR MOI. C'EST SÔMA QUI T'A AIDÉ ?
C'EST FOU, HEIN ? ELLE NE PEUT VRAIMENT RIEN GARDER POUR ELLE ...
SÔMA ?

QUE VIENT-ELLE FAIRE LÀ-DEDANS ?
FROT
JE NE LUI AI RIEN DEMANDÉ DU TOUT.
QU'EST-CE QU'IL VEUT DIRE ?
JE T'AVAIS POURTANT DEMANDÉ DE NE PAS ALLER VOIR AILLEURS ...
KRIIIK
ET JE NE L'AI PAS FAIT !!
JE NE SUIS PAS DU GENRE VOLAGE !
ET PUIS, C'EST DANS NOTRE CONTRAT ! TU TE SOUVIENS ?!

ALORS POURQUOI TU VEUX CHANGER DE BOULOT ?
POURQUOI T'AURAIS BESOIN DE FAIRE ÉVOLUER TA CARRIÈRE ?
TU NE MANQUERAS JAMAIS DE RIEN ...
ET TU N'AURAS PEUT-ÊTRE MÊME PAS BESOIN DE TRAVAILLER, À L'AVENIR.
J'ARRIVERAI JAMAIS À LE CONVAINCRE ...
IL FAUT QUE JE DISE CE QUE J'AI SUR LE CŒUR ...
JE LE VEUX PARCE QUE ...
TU CONTRÔLES TOUTE MA VIE, HOKUTO ...
JE CONTRÔLE TA VIE ?
SI UN DES ROUAGES DE TON ENTREPRISE DISPARAÎT, ÇA NE LA GÊNE EN RIEN ...
MAIS C'EST TRÈS DIFFÉRENT POUR SAKURABA ...

C'EST QUELQU'UN QUI S'EST TOUJOURS SOUCIÉ DE MOI.
S'IL M'A OFFERT CE POSTE DANS SA BOÎTE, C'EST PARCE QU'IL ME RECONNAÎT DES COMPÉTENCES.
C'EST... C'EST PAS CE QUE JE VOULAIS DIRE !
JE N'AI FAIT QU'UNE SIMPLE ALLUSION AU PROBLÈME ...
IL T'A JUSTE BROSSÉE DANS LE SENS DU POIL.
TU VEUX LE SUIVRE À CAUSE DE ÇA ?
ET POURQUOI PAS ?

J'AI BESOIN DE ME SENTIR NÉCESSAIRE. N'EST-CE PAS NATUREL D'ÊTRE HEUREUSE QUAND ON S'ENTEND DIRE QU'ON EST DÉSIRÉE PAR QUELQU'UN ?
JE SUIS UNE FEMME... J'AI DES ENVIES, MOI AUSSI ...
SI TU ES SI HEUREUSE ... POURQUOI TU PLEURES ?
JE NE COMPRENDS RIEN À CE QUE TU RACONTES.

...
FORCÉMENT ...
BONNE NUIT.
CRIII
GRAB
ATTENDS !
ON N'A PAS FINI DE...

ガチャリ
VLAM
SI J'AVAIS L'ESPOIR QU'ON ARRIVERAIT PEUT-ÊTRE À COMMUNIQUER, JE L'AI PERDU ...
IL NE ME VOIT QUE COMME SA PROPRIÉTÉ ...

JE PEUX ...
PEUT-ÊTRE QUAND MÊME ...
ALORS ? ÇA DONNE QUOI ?
TOUJOURS PAREIL ...
JE VOIS... C'EST EMBÊTANT ...
PEUT-ÊTRE QUE TU POURRAIS EXPOSER LES FAITS À UN SYNDICAT ?
OUI ...
SALUT !
SI JE LUI DIS LA VÉRITÉ TOUTE SIMPLE ...
JE PASSERAI À SES YEUX POUR PEU DIGNE DE CONFIANCE ...
ET SI AUJOURD'HUI ...

TU VENAIS VISITER NOS BUREAUX ?
!
EN FAIT, C'EST MÊME POUR ÇA QUE JE T'AI DONNÉ RENDEZ-VOUS.
C'EST VRAI ? JE PEUX ? MÊME SI JE N'EN FAIS PAS ENCORE PARTIE ?
BIEN SÛR !
JE VEUX QUE TU CONNAISSES L'ENDROIT OÙ TU VAS BOSSER.
ÇA N'EST PAS TRÈS LOIN D'ICI.
OKAY !
SAKURABA EST SI GENTIL ET IL SE SOUCIE VRAIMENT DE MOI.
IL EST À L'OPPOSÉ DE HOKUTO !
AH, AU FAIT, TU N'AS PAS FAIM ?
MAIS ALORS...
POURQUOI...

NON MERCI, C'EST GENTIL.
JE VOUDRAIS QUE CE SOIT HOKUTO PLUTÔT QUE SAKURABA QUI AGISSE AINSI AVEC MOI ?
TA TAP
MH ?
TA TAP
QU'EST-CE QUE...
HEIN ?!
TSOP

TA TAP
MH …
HOK…
NON ! JE NE PEUX PAS DIRE SON PRÉNOM COMME ÇA !
MAIS… COMMENT JE VAIS …
DIRECTEUR MAMIYA… C'EST BIEN ÇA ?

QU'EST-CE QU'IL FAIT LÀ ?!
EXACT.
JE... JE PEUX VOUS AIDER ?
HUMPF
QUE LUI VOULEZ-VOUS ?
MMH ...
JE N'AIME PAS BEAUCOUP VOUS VOIR LA TRIMBALLER PARTOUT À VOS BASQUES ...
ELLE EST À MOI.

TAKA-NASHI ...
T'ES VRAIMENT SÛRE DE NE PAS T'ÊTRE VU CONFIER UNE MISSION IMPORTANTE ?
ALORS, POURQUOI TON BOSS VIENT-IL TE CHERCHER EN PERSONNE ?
MAIS NON ! JE TE JURE QUE NON !

JE NE PEUX PAS ...
LA REMPLACER AUSSI FACILEMENT.
QUAND JE DIS QU'ELLE EST À MOI ...
JE VEUX DIRE QUE C'EST MA FEMME.
...
PARDON ?

SA... FEMME ? EUH... TAKANASHI ?
TU... T'AS MAL COMPRIS !
OU ALORS C'EST MON PATRON QUI A PERDU LA TÊTE ?!
...
NE PARLE PAS DE LUI COMME ÇA ALORS QU'IL EST LÀ !
OH, LAISSE TOMBER ET ALLONS-NOUS-EN !
RÉFLÉCHIS JUSTE UNE SECONDE !
TU NE VOIS PAS QUE C'EST IMPOSSIBLE ?!
QUE JE NE PEUX PAS ÊTRE LA FEMME DU PATRON ?
GRIP

ATTENDS UNE MINUTE !
Un yak' ?
ÇA VEUT DIRE QUOI "C'EST IMPOSSIBLE" ? HEIN ?
L'AUTRE JOUR, DANS LA SALLE DES ARCHIVES ...
QUI EST-CE QUI RÉCLAMAIT À GRANDS CRIS ...
QUE JE LA TRAITE COMME SA FEMME ?
HEIN ?

OOH ...
LA FERME, TU M'ENTENDS ! ÇA FAIT TROP LONGTEMPS, J'AI OUBLIÉ !
OUBLIÉ ?!
ET EN PLUS, C'EST PAS POUR ÇA QUE TU L'AS FAIT !
RAAAH ...

PARCE QUE QUAND J'AI VOULU ESSAYER, T'AVAIS LA CRÈVE !
ÇA N'A RIEN À VOIR !
ET DEPUIS QUAND EMMENER SA FEMME AU RESTAU OU À L'HÔTEL, C'EST LA TRAITER COMME SON ÉPOUSE ?!
ALORS JE PEUX SAVOIR CE QUE TU ESPÉRAIS EN T'ACHETANT CES SOUS-VÊTEMENTS DE L'AUTRE JOUR ?!
!!
MAIS C'EST PAS VRAI ?! T'AS OSÉ REGARDER DANS MON SAC ! J'LE CROIS PAS ?! MAIS T'ES UN VRAI SALAUD ! J'HALLUCINE ?!
...
FALLAIT PAS LE LAISSER LÀ OÙ JE POUVAIS TOMBER DESSUS ! ET DE TOUTE FAÇON, C'EST PAS LE GENRE QUE J'AIME ...
RAAAAH ! T'ES VRAIMENT DE PIRE EN PIRE !!
HAAAA...
HAAAA...
EUH... TAKANA...
VIENS, SAKURABA !
ON S'EN VA !
JE CHANGE DE BOULOT ET IL N'Y POURRA RIEN !

!!
AÏÏÏÏE !!
TAKA-NASHI ?!
TU PEUX M'EXPLIQUER QUI CONTRÔLE QUOI, LÀ ?
RECTIFICATION...
CRRR !!
EXPLIQUE-MOI UN PEU QUAND EST-CE QUE C'EST MOI QUI AI TOUT CONTRÔLÉ ?

JE N'AI PRIS LE CONTRÔLE DE RIEN EN CE QUI TE CONCERNE ...
NI DE TON CŒUR, NI DE TON CORPS... PAS MÊME UNE SEULE FOIS !
QUE ...
ALORS EXPLIQUE-MOI, PARCE QUE JE NE TE LÂCHERAI PAS TANT QUE TU NE L'AURAS PAS FAIT.
ARRÊTE, VEUX-TU ! TOUT CE QUE TU DIS EST TRÈS EMBARRAS-SANT !
SAKURABA N'A PAS À SAVOIR QU'ON N'A JAMAIS COUCHÉ ENSEMBLE !
TU N'AS RIEN ENTENDU, PAS VRAI, SAKURABA ?
...
ÇA SUFFIT !

TU VAS RESTER AVEC MOI.
PARCE QUE JE N'ACCEPTERAI JAMAIS DE TE LAISSER PARTIR...
LÀ OÙ JE NE T'AURAI PAS SOUS LES YEUX.
OK, VOUS SAVEZ QUOI ?

C'EST MOI QUI VAIS RENONCER ...
À DÉBAUCHER TAKANASHI.
SAKURABA ?!
JE NE SAIS PAS POURQUOI TU NE M'AS RIEN DIT POUR TON MARIAGE ...
!
C'EST VRAI, J'AURAIS DÛ. JE SUIS DÉSOLÉE ...
MAIS J'AI VRAIMENT ENVIE DE CHANGER DE BOÎTE !
JE SAIS... J'AI BIEN COMPRIS.
ON SE REVERRA ...
MAINTENANT QU'ON S'EST RETROUVÉS.

SAKURABA, NON !
JE T'EN PRIE, ATTENDS !
SAKURABA !
S'IL TE PLAÎT ...
SAKURABA ...
OH, TAIS-TOI ...

C'EST FINI ...
C'ÉTAIT MA SEULE CHANCE ...
AH..
...
C'EST ...

C'EST DÉGUEULASSE, CE QUE T'AS FAIT !
AÏE !
POURQUOI TU VEUX PAS QUE JE CHANGE DE BOULOT ?!
BLAF
ME FAIRE PASSER POUR AUSSI IMMORALE AUX YEUX DE SAKURABA ...
WAAAAH !
JAMAIS PLUS JE N'OSERAI LE REGARDER EN FACE ...
TSS ...
POURQUOI ...
TU TE DONNES TANT DE PEINE ...
GWIP
GYAAH !
POUR ME POUSSER À FAIRE CE GENRE DE TRUCS ?!
TU NE POURRAIS PAS TE COMPORTER EN ADULTE, RIEN QU'UNE FOIS ?!

POURQUOI ...
AS-TU ACCEPTÉ DE M'ÉPOUSER ?
T'ES UN TEL NID À PROBLÈMES ...
C'EST DINGUE ...
MH, T'AS UNE DE CES TÊTES ...
PFF ...
JE ME FICHAIS DE ME FAIRE TRAITER DE NID À PROBLÈMES ...
PARCE QUE DERRIÈRE CE QU'IL VENAIT DE DIRE ...
JE VENAIS DE VOIR LE VRAI HOKUTO, ET CE, POUR LA PREMIÈRE FOIS.

PEUT-ÊTRE QUE J'AVAIS VRAIMENT ÉTÉ BÊTE ...
TU SAIS ...
JE NE VEUX PAS QU'ON DIVORCE.
MH ...
TU CROIS QUE JE VAIS LAISSER LES CHOSES SE TERMINER ENTRE NOUS ...
ALORS QUE TU N'AS PAS UNE SEULE FOIS ÉTÉ VRAIMENT MA FEMME ?
Je te l'ai déjà dit, tout à l'heure.
J'AI BIEN CRU QU'IL ALLAIT DIRE ...
QU'IL NE SERAIT PLUS MON PATRON ...
OÙ EST-CE QU'ON PEUT ...
TROUVER À MANGER, À CETTE HEURE-CI ?

J'AI RETENU MON SOUFFLE ...
ALLONS VOIR.
HEIN ?
QU'EST-CE QUE TU AIMERAIS MANGER ?
...
DES NOUILLES ...
OU BIEN DES OKO-NOMIYAKI ?
SÉRIEUX ?
T'AIMES CE GENRE CE TRUC ?
Les femmes préfèrent les mets plus raffinés, en général.
T'AIMES LES OKO-NOMIYAKI ?
BEN OUI, POURQUOI ?
JE PENSAIS QUE TU MANGEAIS DES REPAS PLUS DISTIN-GUÉS QUE ÇA...
...

MMH... SI JE COMPTE YAGAMI EN PLUS ...
JE TE TROUVE BIEN POPULAIRE AUPRÈS DES MECS ...
JE NE L'AURAIS PAS CRU.
POPULAIRE ? MOI ?
MAIS À QUI TU PENSES, À PART YAGAMI ?
T'ES SÉRIEUSE, LÀ ?
?

EN TOUT CAS, IL VA FALLOIR QUE JE REVOIE CERTAINES CHOSES...
POUR LE MOMENT... PEUT-ÊTRE...
?
DÉSOLÉE, MAIS JE COMPRENDS RIEN.
LAISSE TOMBER.
QUE JE PEUX ENCORE TENTER DE CROIRE EN LUI...
SERAIS-JE TROP GENTILLE ?
QU'EST-CE QUE TU FICHES ?
LE RÉSULTAT N'EST PAS FRANCHEMENT APPÉTISSANT.
PSHHH
PSHHH
SNIF SNIF
JE SUIS PAS TRÈS DOUÉE.
SAKURABA, SORS-MOI DE LÀ !
Happy Marriage ?! 2 - Fin

REMERCIEMENTS SPÉCIAUX

ASSISTANTES :
KEIKO SANO
ERI SHIMOJO
SAWAKO MURASE
NAOMI HORI
MEGU HINOMOTO
KAORU TAKAHASHI
KAWAKO NISEKO
YURI NARUSE
NIKO WAKUHARA

ÉDITEUR :
MAYUMI OKADA

Envoyez vos avis
et vos impressions
↓ à cette adresse !

Maki Enjôji
Petit Comic, Shôgakukan
2-3-1 Ichibashi
Chiyoda-ku
101-8001 Tokyo

Ou par mail sur le site
officiel du magazine
Petit Comic.

Tout à fait lui...